LITRADUKT

JEAN D'AMÉRIQUE

Zerrissene Sonne

Roman

Aus dem Französischen übertragen
und mit einem Vorwort versehen
von Rike Bolte

LITRA DUKT

Bibliographische Information der Deutschen Nationalbibliothek:
Die Deutsche Nationalbibliothek verzeichnet diese Publikation
in der Deutschen Nationalbibliographie; detaillierte bibliographische
Daten sind im Internet unter *https://portal.dnb.de* abrufbar.

Zweite Auflage, 2025
Ungekürzte Ausgabe
Litradukt, Literatureditionen Manuela Zeilinger-Trier,
www.litradukt.de

Das französische Original erschien 2021 unter dem Titel
»Soleil à coudre« bei Actes Sud, Arles

Hersteller i. S. der EU-Produktsicherheitsverordnung (GPSR):
Litradukt, Literatureditionen Manuela Zeilinger-Trier
Christian-Eberle-Str. 4a
54295 Trier
Deutschland
info@litradukt.de

Aus dem Französischen von Rike Bolte
Lektorat: Peter Trier
Umschlaggestaltung und Satz: Berliner Süden
Umschlagabbildung: Midjourney 6.0, 2023
Herstellung: Rudolf Druck, Schweinfurt
Printed in Germany

ISBN: 978-3-940435-49-1

VORWORT
KRAKEELENDER WAHNSINNSSTERN

Einer der wegweisenden haitianischen Romane der 1950er Jahre, *Compère Général soleil* (*General Sonne*), trug die Sonne im Titel. Der Autor, Jacques Stephen Alexis, hat in den folgenden Romanen, darunter in dem nach seiner Ermordung durch das Duvalier-Regime verschollenen Text *L'étoile Absinthe* (deutsch *Der Stern Wermut,* Litradukt 2021) mit wunderdurstigem Beobachtungssinn von Frauenleben erzählt. Im (gleißenden) Roman des jungen, 1994 in Côte-de-Fer geborenen Lyrikers und Theaterautors Jean D'Amérique geschieht beides zugleich. Der Text legt dar, wie die junge Tête Fêlée – in etwa Spinnerin oder Wirrkopf – unter der Sonne lebt, ohne jemals zu wissen, ob sie es nach einem mühsam durchlebten Tag noch bis zum Morgengrauen und darüber hinaus schafft.

Seit ihrer Geburt, so erklärt die Ich-Erzählerin, hat sie es mit der Sonne zu tun. Der Wahnsinnsstern schlägt axtgleich vom Himmel herunter – ist also Waffe –, duftet aber auch, tanzt Seil, kraxelt, krakeelt; dann wieder agonisiert er, krümmt sich. Die Sonne kommt sogar im Plural vor und spielt so *double bind* mit der Protagonistin; sie ist für sie da, um sie anschließend im Stich zu lassen. Unvorhersehbar, unermesslich, ein Hyperobjekt. Darüber, und wie angetriggert von dem epigraphisch mit ins Boot geholten US-amerikanischen Rapper Tupac Amaru Shakur (der im Jahr 1996, von mehreren Kugeln niedergemäht, ermordet wurde), gerät Tête Fêlée auf eine steile, einsame und gleichzeitig einfallsreiche Umlaufbahn: Sie schreibt und schreit und schießt. Unter welchen Umständen es dazu und was literarisch dabei herauskommt, soll in dieser Vorwort-Apostrophe nur angedeutet werden: Das irre Tun Tête Fêlées ist liebesstoll und speist sich aus dem Hunger nach Gerechtigkeit. Zusammen mit ihrer elegisch-elektrischen Beobachtungsgabe ergibt das einen heftigen Mix, eine Metaphernmaschine.

In Jean D'Amériques Text, in dem es von Fußtritten, Patronen, Schlägen mit Eisen- und Holzstöcken sowie Glasscherben und Stromkabeln wimmelt, sprießen blumige Namen, etwa Fleur d'Orange, Orangenblüte (ein Wink an Alexis' Protagonistin wilde Rose, Églantine?). Als gelte es, der (heute immer unkontrollierbarer gewordenen) Gewalt und auch der massiven Entwurzelung nach dem »stürmischen Aufstand der Gemäuer«, dem fatalen Erdbeben von Haiti des Jahres 2010, etwas entgegenzusetzen. Etwas, was eine andere, eben pflanzliche Sprache oder gar nicht spricht – z.B. Tête Fêlées Mutter, die sich jedes Wort verkneift, lieber die Wäsche in die Mangel nimmt und ihrer Tochter Körperhygiene beibringt, als sich gegen ihren Mann aufzulehnen. Ganz zu schweigen von Silence, deren Name schon besagt, dass sie nicht viele Worte macht. Weitere, himmlische bis allzu irdische Namen – z.B. Divine oder Monsieur Schritt – florieren in Jean D'Amériques Roman; sie stammen aus dem Arbeitsmilieu der Mutter der Protagonistin, wobei in *Divine* der kreolische Ausdruck *madivine* für lesbische Frauen anklingt.

Tête Fêlée ist in einer Welt zuhause, in der Menschen permanent ihres Atems beraubt, im Klartext: gekillt oder »ins Land ohne Hut« verfrachtet werden, wie es in Haiti heißt. Voodoogeister (in diesem Falle Baron Samedi) herrschen auf Friedhöfen und werden von Bestattungsunternehmerinnen zu Rate gezogen, wenn die Gesetze der Schwerkraft ausgehebelt scheinen. Vor allem aber herrscht in Tête Fêlées Welt Korruption, und zwar nicht nur in absurdistischen Ministerien für einst aus der Rebellion formulierte (»Bossale«-) Angelegenheiten, sondern selbst noch in Gestalt von NGOs, die das Problem des Wassermangels nicht beheben, weil sie darin womöglich allzu gerne baden.

Wasser wird am Ende des Textes eine tragende und doch tragische Rolle spielen. Dabei liest sich der Titel eines Intertexts, Romain Garys Roman La *Vie devant soi* von 1975 (*Du hast das Leben noch vor dir*, 1977 übersetzt von Eugen Helmlé*), den Tête Fêlée in einer musikalisch unterlegten Szene in die Hand bekommt, als

* Das Zitat auf S. 106 stammt nicht aus dieser Übersetzung.

unsicheres Omen. Und eben darüber schlägt die Ich-Erzählerin ultimativ sachte Krach: Mitten in der Sehnsuchtsüberfahrt ihres jungen Lebens wird sie gegen einen »Jammersarg«, gegen ein leeres und doch zur Trauer aufrufendes, gefährlich schrottiges Boot (um nicht zu sagen, Seelenverkäufer) sowie gegen die Geister sexuellen Missbrauchs wettern müssen.

Rike Bolte
Bordeaux, September 2024

Für alle, die nach Licht suchen

Ob ich wohl bis zum Morgengrauen überlebe,
um die Sonne zu erblicken?

Tupac Shakur

Die Vögel, die durch meinen Kopf schwirren, sind völlig aus dem Häuschen. Ihre Flügel ein Archipel aus Feuer. Ihr Gesang ein mit aufgewühlten Himmeln beladener Hügel. Ganz bestimmt sind es Boten des Lichts, die in mir die Erinnerung daran aufflattern lassen, dass am letzten Schultag meine Haut so sacht gestreift wurde. Aber wie immer kriege ich es nicht hin, auch nur einen Schimmer dieses Glücks einzufangen, den als langer Schauer durch meine Venen zuckenden Blitz auf die Seite zu bannen. Streichungen. Ein Königreich aus zerknülltem Papier.

Papa wirft sich sein Wutkleid über, um uns wachzurütteln, unseren Geist zu bearbeiten. Kurze Erinnerung an die Funktion seines Mundes, ein auf die erstbeste Schwachstelle lauerndes Maschinengewehr. Mit feuerbrünstigem Blut stürmt er los, wogt durch sein Donnerwetter, sein ganzer Körper ist einer gewaltigen Rhapsodie hingegeben, er schimpft, wie man ihn selbst nie, nicht einmal in seiner Kindheit, beschimpft hat. Wenn die Kindheit, wie er glaubt, das Alter des Schweigens ist, hat er eigentlich gar keine Kindheit gehabt. Der fernste uns überlieferte Zweig seiner Geschichte ist der Pakt mit der Straße. Und wie der Metall-Engel so schön sagt, ist Schluss mit dem Kindsein, wenn uns nur noch die Straße in den Armen wiegt.

Papa breitet sich als wutschnaubende Welle unterm Dach aus. Draußen sammelt der Himmel seine Spitzen ein. Die Lichter des Tags legen ihre Schleier lautlos in unsichtbaren Wind aus. Die Nacht hat es uns gerade mitgeteilt. Fluten von Schatten, die die Dämmerung aufsaugen. Der berüchtigte Heidenlärm aus unseren Mündern, die über die Wiederherstellung der Stromversorgung jubeln, ist noch nicht losgebrochen. In der Regel gönnen wir uns, wenn wir uns bereits was in den Bauch geschlagen haben und noch fünf Gourdes übrig sind, eine Kerze, um die Dunkelheit zu untergraben. Das sind die besten Almosen, die wir den vom lebenswichtigen Licht gezeichneten Tagen abluchsen können. Wir rechnen nicht jeden Tag mit Strom, es gibt ihn eher selten, eine chronische Abwesenheit, wie die der Familienväter. Das Azur schwindet, kein Stern, der unseren Augen Blau vorgaukeln könnte, das Herz der Hütte wird angesteckt. Die Taschenlampe eines Telefons hilft uns dabei, die Haut des finsteren Besuchers zu durchlöchern.

Du wirst ...

Sollte sein Handy alle sein, dreht er durch. Er darf auf keinen Fall Anrufe verpassen. Papa segnet meinen Kopf mit einer bemerkenswerten Ohrfeige und langt nach seinem Handy, mit dem ich den Raum ausgeleuchtet hatte. Bestimmt hätte er auch gleich noch meinen Arm mitgenommen, wenn der nicht so schwer herauszureißen wäre. Ich versuche, nicht zu weinen, fürchte mich vor dem gesamten Ausmaß des Massakers. Lieber sehe ich zu, dass ich die Zettel vom Boden aufgelesen bekomme, auf denen ich der Sprache Schuld an einem schmerzhaften Misserfolg gegeben habe – dem Papa Wirbelwind soeben ein Ende gesetzt hat. Werde ich den Brief je fertigkriegen? Fleur d'Orange, meine Mutter, verkriecht sich ans andere Ende des Zimmers. Sie sagt keinen Piep, hat sich noch nie getraut, ihre lahme Zunge loszutreten. Jahre des Schweigens, die sie selbst nicht erkennt, eine Ewigkeit, die sie schon ihr ganzes Leben lang hinnimmt. Meine Mutter beißt sich auf die Zunge, um ihren Mund nicht erneut in die bittere Quelle zu tauchen. Auf Stille folgt Gewalt. Nein: Auf Gewalt folgt Stille. Fleur d'Orange hat Angst, das Eis zu brechen, lässt sich nichts anmerken, versucht, mit ihrem Gefühlswust fertig zu werden, indem sie die Wäsche auswringt, die jetzt noch lauter in ihren Händen singt. Sie kann von Glück reden, dass sie abseitssteht, sonst würde sie unter den Muskeln des Henkers zusammensacken. Des Henkers, dessen Namen ihr Mund nicht auszusprechen schafft.

Du wirst ... Du wirst allein sein.

Als Liebes-Sarkophag fühlt sich Papa nur wirklich lebendig, wenn er zuhaut. Zuhauen ... Ganz egal, wo er hinhaut. Faustpoetik.

Ich schlage, also bin ich. Mit Geschicklichkeitsspielen gibt sich Papa gar nicht erst ab. Er hasst alles, was seiner Meinung nicht genug an den Muskeln zerrt. Zum Beispiel hält er Literatur nicht aus. Schreiben wäre für ihn Körperbeleidigung. Er gehört nicht zu den Wesen, die sich der Poesie öffnen. *Dichter haben riesige Fäuste*: Für diesen Vers würde er Bernard Lavilliers wie ekligen Sirup runterschlucken. Er hat keinen Sinn für Worte. Eines Tages, als er einen Schriftsteller im Fernsehen reden hörte – und es war nicht etwa so, dass er nichts von dessen Rede verstand, es widerte ihn einfach nur an, dass der sich damit zufrieden gab, Schriftsteller zu sein –, wetterte er gegen den Bildschirm wie eine Sphinx: »Wenn du was anderes im Sinn hättest, als nur deine Bibliografie aufzublähen, wenn du so viele Faustschläge wie Wörter austeilen würdest, wären manche von den Arschlöchern, die du lieber mundtot hättest, schon einen Kopf kleiner!«

Das Herz des Viertels schlägt im Rhythmus der Leere. Ohne Unterlass verzweigen sich die Schatten, bis sie sich zu einer jener Nächte verdichten, in denen noch der letzte Funke der Netzhaut erlischt. Einer dieser schweren Nächte, die spürbar an der Uhr ziehen, um die Morgendämmerträume abzutreiben. Einer dieser Nächte, die der Straße ihre Schreckensklamotten überwerfen. Sie lässt ihre Stille dahinfließen, wie es der Beton vorgibt, während Gewehre die Symphonie dirigieren.

Ich halte noch immer Ausschau nach der Seite, lasse nicht locker und lade den Gesang ein, sich mit meiner Stimme zu vermengen. Wie buchstabiere ich das in meinem Blut brodelnde Gefühl jenseits des ABCs der Leere? Papa sitzt auf einer kleinen Bank vor der Tür, nimmt eine seiner rituellen Gesten auf. Von seinen Lippen erhebt er einen roten Punkt, der nur ein kleines Stückchen der raumverzerrenden Finsternis annagt. Der Wolkenreiter hält seinen Joint in den Himmel, als wolle er die Aufmerksamkeit des Gottes auf sich ziehen, den das Märchen vom gebenden Mund und dem empfangenden Ohr seit Ewigkeiten dort versteckt hält. Papa ignoriert ihn, doch sieht es ganz so aus, als hätte der Allerhöchste ihn im Visier und sei darauf aus, in die Gnade eines Zugs zu kommen. Keine Ahnung, vielleicht weint er um ein bisschen Cannabis. Wer weiß schon, woher das Phänomen des Regens kommt ... Armer Gott! Da hat man ihn beschuldigt, alles erschaffen zu haben, er aber ist einfach nur angetan von einer schlichten Pflanze, die in der Lage ist, ihn auf einen Trip hinter die Sterne und über die traurigen Himmel hinaus zu schicken, in den die Menschen ihn gesteckt haben.

Du wirst ... Du wirst allein sein.

Meine Mutter versucht, ihren Blick zu heben, der unterm Angstschrott klemmt. Ein schüchterner Blick in Papas Rücken, dann gesenktes Haupt – man hört sie einen heftigen Schlag einkassieren, aus ihren Augen laufen Wasserfäden, Komplizen der schweren Stille.

Während seine Kleidung in einer Waschschüssel die Hände von Fleur d'Orange beschäftigt hält, versucht Papa, sich auf den Rauch zu konzentrieren, den er mit akrobatischem Atem dirigiert. Das gelingt ihm aber kaum. Es plagt ihn eine entscheidende Frage, er ist in sich selbst verheddert, in den ewigen Spinnfäden, in denen seine Seele eingewickelt ist. Eine Frage, die ihn jedes Mal einholt, wenn ihm das Missgeschick widerfährt, über das Leben nachzudenken, das er bewohnt. Was habe ich nur aus meinem Menschenlicht gemacht? Das treibt ihn um. Er würde sich den Kopf zerbrechen, in die Tiefe gehen und in seine innersten Spiegel blicken, sich neu ausmalen, auf seine verstreuten Scherben springen. Es ist aber vergebene Liebesmüh, das Spiegelbild, das er nie zu greifen vermocht hat, austricksen zu wollen. Es hieße, an der Grimasse des Lebens zu zerschellen. Er verflucht seine Gedanken. Dass er von der Knarre besessen ist, durchdringt ihn bereits mehr als sein Verstand. Er bürstet nicht einmal mehr das Metall; in den Blutstropfen, die sie bedecken, sieht Papa vielmehr glorreiche Versprechungen aufblitzen. Zurück zum roten Faden seines Lebens.

Die Zimmertür nimmt es ihm bestimmt übel, dass er sie beim Weggehen so laut zugeschlagen hat. Der Lärm, den sie aussendet, trägt mit der gleichen Heftigkeit auch Papas Stimme weiter, als der mich noch einmal anfährt.

Du wirst ...

Du wirst allein sein in der großen Nacht. Es ist nicht das erste Mal, dass ich diesen Satz höre. Er kribbelt in den Venen. Ich habe immer versucht, versuche immer noch, seinen Sinn zu erfassen. Papa knallt ihn mir oft an den Kopf, er fließt in seinen Zorn gegen mich wie die Schneide eines Schicksals, das mir an der Kehle liegt.

Ich esse mein Stück Brot auf, trinke mein Glas Zuckerwasser aus und lege mich auf das, was man Bett zu nennen wagt, will sagen, auf etwas, das den Körper nur ganz knapp vom Boden trennt. Man muss wirklich per du sein mit der Armut, um mit so etwas zurechtzukommen. Oder sich einfach nur in dieser Stadt aufgehalten haben, in der Nacht des zwölften Tages des Jahres, das das zweite Jahrzehnt des einundzwanzigsten Jahrhunderts eingeläutet hat. Körper, die den Beton streicheln. Fleisch, das dem Gutdünken des Asphalts ausgeliefert ist. Ohne jeden Vorbehalt. Nach dem stürmischen Aufstand der Gemäuer wurde die nächtliche Schlafstätte auf nacktem Boden zur unvermeidlichen Aufenthaltszone eines ganzen Volks.

Mama scheint mit der Wäsche fertig zu sein. Ich spüre aber ihre Wärme immer noch nicht bei mir. Ich muss mich gedulden, bis ich das Gefühl der Sicherheit genießen kann, wenn sie sich neben mich legt. Ich höre sie Rum herunterkippen. Sie trinkt gerne, um ihre Blumen der Schlaflosigkeit sprießen zu lassen.

In meinem Kopf gehe ich meinen Lebenskreislauf noch einmal durch, stelle mir alle Löcher noch einmal vor, in die ich mich fallen lassen könnte, um zu schlafen, um für einige Stunden die Welt loszuwerden. Das reicht nicht. Der Tag bleibt auf meiner Netzhaut hängen, meine Lider sind noch auf dem Schlachtfeld. Vor mir liegt eine heftige Kletterpartie, die es zu meistern gilt. Papa und seine Schallplatte zerschneiden meinen Geist. *Du wirst ...* Ich zerschelle an dem dichten Abend, weiß nicht, wie ich meinen Brief zu Ende bekommen soll, kriege mein Herz nicht auf die Seite gebannt. Seit langer Zeit schon rauben mir bittere Schatten die Worte, durchzieht mich ein Schweigefluss. Wie soll ich mich bloß an mein Spiegelherz wenden, wie dem Wesen, das mir die Venen versengt, meine Liebe erklären? Während die Uhr zu langsam läuft, werde ich matt. Ich vertue die Zeit damit, meinen Körper hin und her zu wälzen, bis ich endlich die Schwelle des Schlafs erreiche.

Die Nacht rieselt bis in die Morgendämmerung auf meine Albträume nieder.

Die Sonne grüßt sacht die Wände, bahnt sich einen Weg durch die Tür und schmiegt sich schimmernd in den Raum hinein. Ich falte meine Lider auseinander. In diesem ersten Glanz des Tages habe ich meine Mutter noch nicht zu Gesicht bekommen. Ich lasse also den Geschmack der Nacht in den ollen Laken, mache mir mithilfe der Wasserbecher-Zauberei das Gesicht frisch, schaue kurz mit einer müden Bürste und ohne Hilfe von Zahncreme bei meinen Zähnen vorbei. Das ist seit Langem ein Ritual. Ich wasche mich. Weil mich die Spuren eines schmierigen Lebens bekleiden. Weil mein Himmel unter schlammigen Wolken abhängt. Ich wasche mich. Ich habe gelernt, mich zu waschen, mich trotz allem zu waschen.

Seit meiner frühesten Kindheit versäumt es meine Mutter nicht, mir Prinzipien einzuimpfen, die sie im Leben über alles hochhält. Dreckig rennst du mir nicht rum, Tête Fêlée! Der Kummer frisst schon innerlich an dir, dann musst du nicht auch noch damit hausieren gehen. Deine Gedärme, dein Blut, alles ist in Dunkel getaucht. Bewahr wenigstens die Sonne auf den Lippen, lass das Licht auf deine Haut rinnen. Wasch dich, Töchterchen. So. Mich trotz allem waschen ... Ich habe ihre Worte behalten, oder vielleicht haben eher ihre Worte mich behalten, ich weiß es nicht. Schließlich ist die Kindheit eine Wunde, die sich nicht wegwaschen lässt.

Ich hätte mich bestimmt besser waschen können, wenn mir Wasser als Recht zustünde. Der Brunnen ist fünfhundert Meter weit entfernt, und wenn ich mit meinem Eimer eintreffe, muss ich mich erstmal mit fünfzig anderen Menschen herumschlagen. Die Rempelei gleicht einem Walzer nachtschwärmerischer Hunde in den Randbezirken der Stadt. Kein Kampf, sondern Rempelei. Wäre es Kampf, so könnte man ihn wenigstens in den Adern spüren. Wir könnten all unsere verstreuten Kräfte zusammenraufen, um die Dinge umzukehren. Vor dem Rathaus unseren

Durst auskotzen. Um Wasser kämpfen. Endlich einen Schluck von unseren Rechten abbekommen. Doch jeden Tag liefern wir uns einen Kampf, der in unserem eigenen Angesicht zerschellt. Haben Anliegen, die nicht über dieses Viertel, ja nicht einmal über diesen Brunnen hinausreichen.

Mich wie gestern vier Stunden lang mit Wortgefechten und Körperscharmützeln abgeben, um an einen Eimer Wasser ranzukommen, das kann ich mir heute früh vor der Schule nicht leisten.

Nie habe ich mich auf dieses Leben verlassen, um zu leben. Der Schul-Schmu wird mich von diesem Weg bestimmt nicht abbringen. Die Schule ist mit Abstand eine der dreckigsten Abwegigkeiten, in die sich unsere Welten zum Zweck der Erleuchtung allzu sehr verbissen haben. Das ist jedenfalls meine Lehre aus den hiesigen Schulen. Vorschriften ohne Ende und Dornen unter unseren zarten Füßen. Das hat alles nichts zu tun mit dem Scheiß-Leben, das uns gleich am Ende der Straße erwartet. Mit seiner Charta, die sich mit jeder vergehenden Sekunde neu definiert. In der Schule lernt man rechnen, anderswo erfinden andere Zahlen. Manche unterschreiben fette Verträge, die sie nicht einmal lesen können, andere würden ihr Leben dafür geben, lernen zu dürfen, wie man Buchstaben entschlüsselt, dafür, in einer dieser Schulen vor Ort das Lesen zu erlernen: Heilige Ruinenmutter von Bourdin, Unterleibskollegium zu Bikini, Schule der schmutzigen und läufigen Schwestern, Slumschule, Kotzwürgkolleg oder noch das Leichtgläubigenseminar der Heiligen Gesichtsbesamung, auf das ich gehe.

Mich bilden? Ich bin doch bestens im Bilde über das Leid meiner Welt, ihre dekadenten Allüren, ihre obszönen Buhlereien, die bis zum letzten menschlichen Schutzwall vordringen. Aus allein zwei Gründen komme ich hierher: um der Lüge einer titelverkaufenden Gesellschaft etwas entgegenzuhalten, und dann vor allem deswegen, weil ich dem Mondmädchen meines Lebens auflauere, der ich meine Erregung verdanke.

Der Lehrer schöpft aus seinem Speichelvorrat und besteht darauf, ernst genommen zu werden, als dränge aus seinem Mund glückliche Lebensgeometrie. Hier ist klipp und klar, welches Schema zu befolgen ist, sämtliche Probleme werden gelöst, man baut sich eine Lügenwelt zurecht und beginnt, daran zu glauben. Also stellen wir uns Hindernisse in den eigenen Weg, pinseln raues Grau auf unsere Träume vom Weiß. Tausend Trugbilder an den Mündungen unserer Augen. Was auch immer man hier lernt, es hat nichts zu tun mit dem, was da draußen, was außerhalb dieses Gebäudes abgeht. Als würde man auf ewig im Schuluniversum verbleiben. Als wären wir nichts als Wracks und würden uns einen Dreck um den Geist scheren, der uns dem Leben gegenüber aufrecht hält.

Da kannst du noch so sehr versuchen, dein angebliches Wissen in den Dienst der Gemeinschaft zu stellen, du hast keinen blassen Schimmer von den wirklich grundlegenden Dingen, von Dingen, die mit dir selbst zu tun haben. Spuck uns lieber fix diesen Papierwust zu deinem sogenannten Geschichtsunterricht vor die Füße, der bestimmt in deinem Hirn herumspukt, anstatt uns mit deiner Moral vollzusülzen. Du solltest dir lieber mal diesen perversen Blick abgewöhnen, mit dem du mir jeden Tag aufs Neue kommst, solltest mich lieber nicht mehr in deinen Wagen bitten, mir nichts mehr versprechen, dir lieber mal dieses aufgesetzte Lächeln mir gegenüber abschminken, damit aufhören, mir hinterherzufingern. Monsieur, weißt du, dass ich für die arbeite, die letzte Woche den Computer und das allerneueste Telefon deiner Tochter gestohlen haben? Weißt du, dass meine Schulgebühren durch derartige Aktivitäten bezahlt werden? Was glaubst du denn? Glaubst du etwa, ich habe einen Vater und eine Mutter, die sich abrackern, um Geld für deine vergammelte Geistesnahrung hinzublättern? So hätte ich mich ausdrücken können, hätte dem Lehrer gegenüber einfach mal Tacheles reden können. Aber ich habe Angst, viel zu viel Angst davor, in die Nacht einzutreten. *Du wirst ...*

Bei der Ausführung des Plans kam Papa die leitende Funktion zu. Er hatte mich am Vortag gebeten, die Schülerinnen auszukundschaften, die neues, teures elektronisches Spielzeug besitzen. Und wie immer hatte ich eifrig gehorcht. So landete Silence auf der Liste. Bei der Umsetzung des Plans fungiere ich als Außenstelle:

Ich muss Papa alle Informationen liefern, die er braucht, um die Ziele einzukreisen, oder sie ihm mit äußerst ausgeklügelten Mitteln irgendwo zuführen. Letzte Woche war ich mit dem Fall Silence beauftragt. Eine echte Zitterpartie für mich, schließlich verehre ich das Mädchen. Wenn Papa nur wüsste ... Obwohl er sich bestimmt nicht weiter darum scheren würde. *Du wirst allein sein ...* Papa ist nicht zum Spielen aufgelegt. Blech im Leib, Zement in der Hand, Steinbrocken auf der Zunge, ein Typ, der nicht wirklich für die Menschen-Bubble gemacht ist. Sobald er auftaucht, sucht die Zärtlichkeit das Weite. Selbst der Regen schafft es noch nach unten, wenn ihm die Kraft ausgegangen ist. Papa hingegen gibt seine prasselnde Wut nicht auf, kraxelt die Gewaltleiter immer weiter hoch. Wenn die Trumpffarbe Rot ist, schlummert sein Stern im Blut. Wenn seine Gitarre um Swing bettelt, zerreißt er die Saiten. Also befolge ich, wenn auch widerwillig, Papas Anweisungen. Er selbst erfüllt lediglich die Wünsche seines Chefs, des Metall-Engels. Gemeint ist der größte Anführer, der uns je untergekommen ist, einer, an dessen Legende sich sämtliche Zungen im Viertel verbrennen und der sich längst über dessen Grenzen hinaus einen Namen gemacht hat. Unnötig zu erklären, dass man sich seinem Willen zu beugen hat. Auf jeden Fall hinterfragt Papa wie alle anderen Söldner seine Befehle nicht.

An dem für den Überfall auserkorenen Tag lauerte Papa auf der Straße vor der Schule und wartete auf den entscheidenden Pass meinerseits, damit die Aktion vollendet werde. Ich durfte nicht versagen, musste ihm Silence in jedem Fall zuführen. Das war aber gar nicht so einfach, weil sie ewig am Arm ihres Vaters hängt.

Nun stecke ich mitten in der Hitze des Gefechts. Als der Lehrer sein Auto vom Parkplatz holt, nutze ich die Gelegenheit, mich der im Schulhof auf ihn wartenden Silence zu nähern. Ich weiß, dass ihr Vater es nicht gerne sieht, wenn sie Beziehungen zu anderen Schülerinnen pflegt, besonders, wenn sie aus elenden Verhältnissen kommen, so wie ich, Tête Fêlée, aus der Cité de Dieu. Ich gehe also mit ratlosem Gesicht auf sie zu. Ein leichtes Lächeln huscht über ihre Lippen, die Einladung zu einer Reise ins Licht. Ich frage sie, ob sie so nett wäre, ein Foto von mir zu machen. Sie nickt ohne jedes Zögern. In ihren Augen ahne ich einen selten blauen Himmel. Ihr Blick durchdringt mich. Wortlos greift sie nach meiner Hand: Die Zärtlichkeit klopft an meine Tür. Ein Fieber packt meinen Körper. Ich spüre, wie mein Herz schlägt, knackendes Trockenholz. In dieser aufkommenden Sehnsucht, die uns bei lebendigem Leib verzehrt, würde ich mit Silence einiges weiter gehen, doch ich habe einen Auftrag zu erfüllen ... Wir gehen durch das Tor und sind draußen. Während Silence ihr Handy hervorholt, um das Foto von mir zu machen, hechtet Papa herbei, legt ihr das kalte Eisen an die Schläfe und entreißt ihr das Handy und den Rucksack mit dem Computer. Das Ganze in nur wenigen Sekunden. Zurück aufs Motorrad, schon zerfetzt er die unbefestigte Straße, hinter sich eine weiße Staubwolke.

Tränen rollen Silence über die Wangen. Ich nehme sie in den Arm, um ihr Zittern zu lindern. Versuche so zu tun, als wäre ich von dem, was passiert ist, ebenso überrumpelt, werde aber, als ich sie so im Arm halte, tatsächlich von Gefühlen überrollt. Und dann taucht der Lehrer auf, steigt aus dem Auto, und die, die den Überfall mitbekommen haben, erzählen ihm, was geschehen ist. Mit einem verächtlichen Blick reißt er seine Tochter aus meinen Armen.

In meinem Herzen stecken Rosen für Silence, in meinen Augenwinkeln flattern Schmetterlinge auf, ich träume davon, blütenzart zu sein, um mich ihrer Schönheit zu nähern, hoffe darauf, mich in Tau verwandeln zu können, um ihrer Morgenröte gerecht zu werden. Lange schon wühle ich in meinem Innersten nach einem Wort, das meine Liebe zu ihr fassen könnte, doch was ich empfinde, entzieht sich meiner Sprache, meine Tinte ist vor lauter Schweigen ganz mundfaul geworden. Mein Blut brodelt für dieses Mädchen; seit ich hier unten mit ihr zu tun bekommen habe, bin ich nur noch ein von Dauerschauer erfasster Körper. Sie ist mein Mondmädchen. Ich wollte kein Feuer auf ihre Wunde gießen, doch mein Wille ist hier nicht gefragt. Wie der Metall-Engel verlangt auch Papa nicht, ihn zu lieben, wenn er dir einen Auftrag erteilt. *Du wirst allein sein in der großen Nacht.* Ich habe geahnt, dass dieser Satz immer wieder in meinem Kopf herumhämmern würde. Und habe einfach nur gehorcht, konnte nichts als gehorchen. Und wollte danach womöglich sterben. Selbstverständlich könnte ich sterben. Mir die ewige Stille gönnen, wie es mein Vater dem Märchen vom gebenden Mund und dem empfangenden Ohr zufolge am Tag meiner Geburt mit seiner Beretta getan haben soll.

Doch ich bin jung und weiß, dass ich Sonnen am Rand meines Wegs aufgehen lassen muss. Meines menschlichen Teils beraubt, fände ich womöglich gar keinen Sarg, um meinem Verlangen nachzukommen.

Nach einem langen Schultag bin ich auf dem Nachhauseweg. Die Sonne schlägt mir wie eine Axt auf den Schädel, ich bräuchte eine ordentliche Portion Eis gegen diese Hitze, aber der Verkäufer an der Ecke zeigt sich heute nicht. Ich laufe durch mein Viertel, das eingelullt ist in Aasgeruch und eine Meute Fliegen, und frage mich zum x-ten Mal, ob mich wohl die Schule aus diesem Drecksloch rausholt.

Eine aus allen Ecken gekrochene, von sozialer Misere versohlte Menschenmenge ist im Namen des Lichts eines finsteren Tags, eines bleichgesichtigen Tags hier aufgelaufen. Nomadisch wie eine Welle, frei – wenn Freiheit bedeutet, sich das zurückzuholen, was Machtbesessene zu Unrecht privatisiert haben. Eine Schar Ausgestoßener tauchte an einem Tag der zerrissenen Sonne in diesem Winkel hier auf. Ein Tag zum Kämpfen, an dem die Fensterscheiben der Geschichte einen ordentlichen Steinschlag abbekommen hätten. Ein Tag der erhobenen Faust, an dem auf den Hügeln der Erinnerung eine Flammenflagge gehisst worden wäre. Ausgeschlossene kamen in Horden her und ließen sich nieder, um ihr Recht als Erdenbewohner geltend zu machen, indem sie sich ein Stück Land nahmen. Ein Tag, an dem man sich über Feigheit ärgerte, ein Tag, an dem man dem Staat ins Gesicht spuckte, weil er sich eigenmächtig zum Eigentümer erklärt und Brachgelände dem Vieh und dem Müll überlassen hatte, während Tausende ohne Bleibe waren. Vor etwa zwanzig Jahren traf hier eine Menschenmenge ein, um die Stadt in die See zu verlegen und daraus eine Wohnzeile zu machen. Die allerdings unbewohnbar ist.

Wie kein anderes wird das Stadtviertel in seinem Kern, dort, wo manche noch einen Fluss vor Augen haben, von einem Müllberg, von einem Strom aus Scheiße durchlöchert. Weniger als zehn Meter vom Dreckswasserlachen-Theater entfernt, dem einzigen staatlich eingerichteten Theater – das eigentlich gar keins ist, es sei denn, Theater ist gleich Bordell –, scheint dieses Müllbecken, das bereits beim allerkleinsten Regenschauer ein Wahnsinnsspektakel liefert, den richtigen Platz ergattert zu haben. Immerhin ist es unsere Visitenkarte. Kommt man auf den Boulevard du Bicentenaire, hat man freien Blick auf den Müll, der sich langsam Richtung Meer aufmacht, eine Armee, deren Kampfwaffe ein nasenlöcherzermartender Gestank ist. Folgt man ihr, gelangt man zu uns nach Hause. Wir sind es gewohnt, mit ihr an einen unbenennbaren Ort zu gelangen, tagein, tagaus dorthin aufzubrechen, wo wir uns verlieren. Als Pilger des Verfalls laufen wir die Schreckensschlucht Bois-de-Chêne entlang. Kommen aus einer auf irrgeleiteten Schritten wandelnden Stadt, stammen aus einem auf seine eigenen Ruinen zusteuernden Land. Auf dem Weg begegnen wir unseren eigenen Schemen, *im Gehen zieht unser Leben mit den Kieselsteinen des Bois-de-Chêne dahin*, wie in dem Gedicht von Kettly Mars.

Eine mit dem Licht aller Formen des Unglücks verflochtene Gegend, die nicht einmal von Gott verschont wird. Das ist Cité de Dieu. Eine Drecksgegend, ganz nach dem blitzeblanken Vorbild ihres Vornamens.

Als ich durch die Tür trete, fällt mir eine Zigarettenkippe ins Gesicht. Toller Begrüßungs-Schmiss! In meinem Kopf wird unsere Beziehungsgeschichte tausendfach durchgeblättert, eine Erklärung dafür, wieso sie mich so behandeln sollte, findet sich allerdings nicht. Jetzt aber entschuldigt sie sich und nimmt beinahe zärtlich meinen Kopf in ihre Hand, bei der ungewöhnlichen Geste schaudert es mich.

Ja, Mama, alles okay …

Auf dem Tisch steht eine halbe Flasche Fünf-Sterne-Rum. Ihr Blick sagt mir, dass sie sie vorm Todeskampf der Sonne ausgetrunken haben wird. Ihre ersten Abstürze hat Fleur d'Orange mit vierzehn Jahren erlebt. Ein Bier, nur ein einziges Bier, wirklich nicht mehr. Dann trank sich die Zeit ihren Weg zu ihr durch, die Worte hatten keine Chance, zum Refrain zu werden. Es folgte hier und da ein Glas Clairin, billiger Schnaps. Die Schlucke hielten nicht ewig, also vervielfachte sie sie. Dann kippte sie mehrere

Flaschen Wein an einem Tag, durchquerte die Nacht auf einer Woge Whisky. Alles, was aus Glas war, gewann schließlich das Herz ihrer Hand. Aus mit dem Inventar. Vierundzwanzig Jahre später, heute, ist sie nicht mehr in der Lage, die Wogen abzumessen, die sie sich ins Blut peitscht. Als wäre die Zeit bloß dazu da, Löcher in ihr Leben zu bohren. Beim kleinsten Kummer flüchtet sich ihre Seele dorthin. Ersaufen ist der beste Weg, um den eigenen Heiligenschein aus dem Abgrund zu ziehen, sagte sie. Sie stürzt sich in trunkene Fluten, um nach dem Licht zu greifen, trinkt gegen Zeit und Leben an, die beide an ihrem Schmerz weben. Ihr Körper ist zum Schlemmermal des Alkohols geworden. Meine Mutter ist eine Piroge, die auf der Trunkenheit selbst herumsegelt ... Wäre ich der erste in ihrem Bauch heranwachsende Keim gewesen, die Welt der Lebenden hätte mich verpasst. Als sie ein erstes Mal schwanger wurde, trieb sie ab, weil sie den von Hippokrates Besudelten zufolge das Kind nicht behalten konnte, wenn sie weiter trank.

Nacht.

Sag mal, was macht der ganze Mist da auf dem Tisch, Tête Fêlée? Wie oft habe ich dir gesagt, du sollst deinen Papierkram hier nicht aufhäufen! Wir müssen nicht mitkriegen, ob du gerade lernst, deine Hausaufgaben machst oder nicht. Außerdem ist dieser Tisch nicht dafür gedacht.

Wenn Papa redet, fällt es mir schwer, etwas zu erwidern. Ich nehme mir die leeren Blätter und den Stift, flüchte mich in eine Ecke, auf den kleinen Teppich, und versuche, mir einen Horizont zu nähen, der meiner Sehnsucht nach Silence entspricht. Was sagt mein Herz? Ich bemühe mich, daran zu rühren, meiner Zunge aber gelingt es nicht, die Flut zurückzudrängen. Wenn ich nur Worte hätte, um diese Leere wegzubrennen ... Und meine Mutter da drüben ahnt nichts von meinem Kummer, sie huldigt der Flasche.

Viel zu rätseln gibt es nicht. Die zwei roten Pfützen in den Augenhöhlen zeigen dir an, welche Farbe ihre Nacht hatte. Eine Nacht bei dem Politiker, dessen Arsch auf alle Stühle passt, einem Mann, der, wenn's um Macht geht, zu jedem Handel bereit ist. Davon ausgenommen das Fleisch dieser Frau, der er eines Abends bei Nieselregen auf einer mit Müll zugestopften Straße in der Hauptstadt über den Weg lief. Ihren Stellungsspielen weitaus mehr ergeben als seiner eigenen Stellung, warf er für einen Sitz in der Regierung seine Ideologien über den Haufen, ließ aber nicht von Fleur d'Orange ab. Auch nicht nach einem verpatzten Blowjob. Nicht einmal nach einem Blowjob, bei dem er aufschreien musste, als er gerade ans Telefon ging. Gestern Abend war meine Mutter wieder bei ihm, um ein seit fünf Jahren betriebenes Spiel mitzumachen: sich allen erogenen Anforderungen von Monsieur wie eine Hündin zu Füßen zu werfen.

Glücklicherweise war Papa nicht da, als Mama nach Hause kam, er hätte sie sonst noch auf der Türschwelle mit einer ordentlichen Tracht Prügel gesegnet. Wenn meine Mutter die Nacht ohne Ankündigung der Arbeit wegen draußen verbringt, ist ihr Peiniger imstande, sich in Ermangelung anderer sexueller Beute mitten in der Hütte einen runterzuholen, den Boden und die Wände mit Sperma zu bespritzen und tosenden Bluts und mit dem Ledergürtel in der Hand auf Fleur d'Orange zu warten.

Dem Politiker, dessen Arsch auf alle Stühle passt, geht nie die Lust aus, sie zu ficken. Seit seiner Begegnung mit Fleur d'Orange trieft er vor Verlangen. Er hatte, bevor er sie an jenem Tag ansprach, die Fenster seines Dienstwagens heruntergekurbelt, um ihre Brüste besser in Augenschein nehmen zu können. Hin und weg war er gewesen, von den knackigen Inselblöcken, diesen Oberkörper-Kathedralen, die sich so stolz zeigten über die sie aufblähende Lust-Macht, darüber, bei jedem Lust-Getreuen Geilheit auszulösen. Jedenfalls hatte er nicht groß herumgeredet, sich nicht weiter für die Person hinter diesem Körper interessiert. Und so wurde der Politiker, dessen Arsch auf alle Stühle passt, zu einem von drei Kunden der fortan zufriedengestellten Fleur d'Orange. Feuer in den Augen ihrer Sonne.

Seit jenem Tag, an dem sie sich wie ein leergeleuchteter Laternenpfahl auf den Bürgersteig der Grand-Rue warf, sagte sich Fleur d'Orange, eine Tätigkeit mit so viel Hin und Her verlange ein festes Einkommen. Einen Leibes-Lohn, der der Energie entsprach, die ihr Körper verbrauchte. Also begann sie sich beim Dienst an ihren Kunden ins Zeug zu legen und die Libido mit solchem Geschick zu pflegen, dass sie an Daueraufträge kam, an Verträge, die beständiger waren als das Herumgeeiere mancher Männer, Verträge, beständig wie die Ständer derjenigen, die sich krautige Mixturen zu Gemüte führen, um den Orgasmus hinauszuzögern, und wie ihre Pimmelpistolen zu fest daran glauben, sexuelle Leistung bestehe ausschließlich aus dieser Fähigkeit. Sie allein weiß, wie viele Gesichter ihr versprachen, sich erneut in ihrer Sphäre blicken zu lassen, wie viele Körper ihr versprachen, sie häufiger aufzusuchen. Sie wurden nie wieder gesehen. Bis sie Divine begegnete, und dann noch Monsieur Schritt, ihren ersten beiden treuen Kunden.

Divine widmet sich dem Behördenbetrug, bereichert sich an anderer Leute Dummheit. Ein Leichtes also, sich ihr Vermögen auszurechnen. Geizig wie sonst niemand, lässt sie pro Monat gerade einmal zweitausendfünfhundert Gourdes bei Fleur d'Orange. Monsieur Schritt wiederum legt ganze dreitausendfünfhundert Gourdes hin. Und behauptet, eigentlich selbst kassieren zu dürfen, schließlich bescheinigt ihm die gesamte Stadt außerordentliches Schenkeltätschel-Talent. Monate vergingen, bis Fleur d'Orange ihren dritten Kunden fand und endlich das Auf und Ab in den Straßen lassen konnte; ein deftiges Abenteuer, auf das sich viele Freudenmädchen – oder besser Kummermädchen – einlassen, noch bevor sie Heranwachsende sind. Der Politiker, dessen Arsch auf alle Stühle passt, der Großzügigste unter ihnen, steckt Fleur d'Orange fünftausend Gourdes pro Monat zu. Manchmal kommen ein paar Boni drauf.

So wie die tausend Gourdes des gestrigen Abends, eingesetzt für eine x-te ihm zugestandene Lust-Überfahrt. Meilenweit entfernt von seiner Frau, die er seit Urzeiten nicht mehr mit seinem Geschlecht beehrt. Fünf Jahre ist es mittlerweile her, dass er sie mit der gemeinsamen Tochter nach Montreal verbannt hat, um sie nicht mit seinem politischen Schlamm zu besudeln.

Fleur d'Orange, wie sie aus der einen in die andere Welt hinübertaucht. So verläuft die Bewegung ihres Lebens: einem undurchsichtigen Horizont entgegen, verbannt, fern aller Leuchttürme. Gestern Abend war sie ein Loch und ließ den Politiker, dessen Arsch auf alle Stühle passt, in sich zu sich selbst kommen. Und jetzt ist sie im Versuch, zu sich selbst zu finden, ihrerseits die Beute eines großen Lochs, segelt innerlich auf den Abgrund zu und verschmilzt mit dem Ozean. Bei ihrem Wasch-Spleen trocknet sie die Flasche mit einem letzten Glas aus. Ex-und-hopp.

Sagen wir trotzdem mal, dass ihr die Arbeit einiges abverlangte. Ein ziemlich blutiger Ansturm war auf sie losgegangen, eine Feuerzunge in ihren Wald vorgerückt. Widerwillige, verächtliche Blicke folgten ihr. Die Huren im Freiluft-Bordell, in dem sie versuchte, ihren Lebensunterhalt zu verdienen, mäkelten an ihr herum, weil sie mit ihrer Einstellung Ethik und Gepflogenheiten durcheinanderbrachte. Als sie aus dem Geschäft ausstieg, sahen sie darin sowohl die Früchte ihrer Anschisse als auch die Bestätigung für das betrügerische Vorgehen einer seltsamen Besucherin mit unverschämten Manieren. Fleur d'Orange führte ihren Tanz stets fernab der Bühne auf, entfernte sich räumlich, um ihre Aktivitäten im Verborgenen auszuführen, als hätte sie etwas zu bewahren, einen Funken, den sie nicht im Gesicht geschrieben haben wollte. Sie lenkte ihren Eifer um, hielt sich von der Kolleginnenschar lieber fern und Ausschau nach einsamen Straßenecken, in denen sie Kunden aufspüren konnte. Die anderen Huren konnten es nicht fassen, dass sie die althergebrachten Vorgehensweisen verschmähte, die Hauptstraße ablief, ohne deren Geschichte und Laster mitzunehmen. Sie erinnerten sich daran, dass sie als Neulinge nur ein läppischer Schatten der Sterne gewesen waren, die sie nun verkörperten, dass sie ihre Flügel mithilfe der Erfahrung anderer hatten wachsen lassen müssen, um den Stürmen der Profession standhalten und sich in die Lüfte erheben zu können, dass sie sich gezwungen gesehen hatten, ihr fleischliches Leistungsvermögen mit den Geboten der Älteren in Einklang zu bringen, um öffentliche Huren werden zu können.

Dieses Klima der Uneinigkeit hatte zu einem Kalten Krieg geführt. Mieser Dunst erstickte die Atmosphäre im Bordell. Selbst der Besitzer konnte nichts gegen die lärmende Missstimmung ausrichten. Was zum Teufel ist hier los? Was ist denn das für ein Chaos? Ein bisschen Frieden wird euch schon nicht umbringen!

Die Worte blieben ihm im Hals stecken. Bloß keinen Bankrott dadurch riskieren, dass die Frauen in ihrem Wahn gestört wurden, also schwieg er. Es ging ihm sowieso nur darum, so viele Arbeiterinnen wie möglich zu halten und entsprechend viel Dollars einzufahren; er hatte allein Augen für die Provisionen, die ihm die siffigen Buden einbrachten, in denen die Mädchen die Geschäfte mit der Laufkundschaft abschlossen. Die Plage hat sich also ausgebreitet, und Fleur d'Orange wurde zum Spielball der Gehässigkeit: Ihre Kolleginnen hörten nicht auf, über sie herzuziehen.

Eines Tages kam Jenny Suintaxe, eine ihrer exhibitionistischen Leidenschaft wegen von Kolleginnen und Kundschaft hochgeschätzte Prostituierte, auf die Idee, Fleur d'Orange in ein spektakuläres Spiel hineinzureißen, sowohl um sie zu provozieren als auch, um ihr unter die Nase zu reiben, dass dieses unproduktive Einzelgängerinnentum seine Grenzen hatte.

Wir schreiben einen Dienstag; ein glanzloser Nachmittag, fahl wie die Gesichter der Vorübergehenden, die sich an der Betrübnis eines weiteren leeren Tags im Gedärm der Stadt stoßen. Die Körperarbeiterinnen, die mit ihrer Strategie am Ende sind, haben ihre Schlingen ausgelegt, so gut es ging, doch die Kunden halten sich rar. Das Mädel, oder die, die vorgibt eines zu sein, taucht in der Szene auf, die sie ausgeheckt hat, entledigt sich ihrer Kleidung und lässt das Licht der Stroboskope ihre dämmerige Haut absuchen. Sie fühlt sich prächtig im zerrissenen Echo der Lautsprecher, die im Namen unzähliger weltweit bekannter Stimmen dröhnen – Beyoncé, Aya Nakamura, Yemi Alade usw. –, um das Zucken der Körper zu begleiten. Unter ihrem Nacktheits-Gewand zeichnet die Lustlieferantin einen von sinnlichen Blütenblättern durchwobenen Horizont, dazu geeignet, den Schritt eines jeden aufzuwühlen, der sich darin verlöre. Sie legt ihre Hände auf eine Wand am Bordelleingang, bringt ihren Rücken in eine waagerechte Position, spreizt die Beine, bringt den Hintern in die Schwebe und öffnet ihre Vagina eine Scharte weit. Eine grüne Schlange gleitet an ihrem linken Oberschenkel hoch, der Kopf des Tiers folgt einer Pobacke und nähert sich dann

Jennys Anus. Die Besucher erstarren unweigerlich. Sie trägt diese Tätowierung seit drei Jahren, ein Souvenir aus frühen Karrierejahren: Damals war sie mit einem Dutzend Kolleginnen auf einem Schiff vor der Küste Jamaikas unterwegs, um eine Millionärin zu entzücken, und die Frau hatte sie mithilfe eines Batzen Geldes dazu überredet, das Souvenir anzunehmen.

Jenny, die ihre Absicht mithilfe der Glut ihres Körpers offenbart, macht ordentlich Dampf, als sie Fleur d'Orange mit einem Kunden an der Seite näherkommen sieht. Der junge Mann, gebannt von dem glänzenden Schauspiel, möchte nun nicht mehr aufs Zimmer, in dem die fleischlichen Geschäfte besiegelt werden, ja vergisst und überhört die Frau, die ihn auf der Straße aufgegabelt hat, um ihm das lästige Wasser aus den Lenden zu pumpen. Er will das Schauspiel nicht verpassen, würde sich am liebsten daruntermischen und mitmachen und tut dies schließlich auch, als Jenny ihm zuflüstert: Gib das Geld her, das du verbraten wolltest, und nimm dir hier und jetzt, was du brauchst! Erschüttert von dieser verunsichernden Situation bringt Fleur d'Orange ihr von Scham angekleckertes Gesicht wieder in Ordnung, klemmt ihre Tasche unter den Arm und geht die paar Schritte in Richtung Ausgang, um zuhause darüber nachzudenken, wie in den nächsten Tagen diese Klippe zu umschiffen ist.

Ein anderes Mal hatte der Generalrat der Huren sich nach einer Aussprache an Charme de Gaule gewandt, den Mann mit dem Wucherglied. Dessen Name rührte daher, dass er Frauen zugesetzt hatte, die nichts von dem zwischen seinen Beinen prangenden Ungetüm ahnten. Alle Welt im Bordell hat seine Bekanntschaft gemacht. Tauchte er auf, beschlich die Huren die Angst vor dem Gemetzel zwischen ihren Schenkeln, also kamen nur Blowjobs in Frage. Nun erhielt er den Auftrag, Fleur d'Orange eine Lektion zu erteilen.

Er erscheint am vereinbarten Abend und macht seine Beute vor dem Bordell aus. Ganz begeistert von seinem Auftrag lässt er sich von der Bordstein-Mieterin nicht lange bitten, die den Neukunden erfreut in eines der behelfsmäßigen Zimmer lotst – wo sie das Schlimmste erwartet.

Sie beschwert sich über das enorme Ausmaß des Geschlechts ihres Freiers. Nach tausend Versuchen erfüllt das Kondom seine Pflicht nur zur Hälfte. Charme de Gaule, der Mann mit dem Wucherglied, reitet heftig auf Fleur d'Orange herum. Das Bett ächzt unter dem Tumult. Sie brüllt, ruft um Hilfe, arbeitet eine ganze Liste von Leuten ab, von denen niemand in der Lage ist, ihren Schmerz zu lindern: Jesus, Mama, Papa, Gott, Freunde, my God, usw. Sie krächzt, schreit und jault so laut unter der ihre erogenen Zonen zermarternden Pein, dass man beim Zuhören relativ schnell kapiert, was für ein Martyrium sie erleidet.

Die in der Nähe versammelten Huren hecheln vor Lachen und freuen sich über den Erfolg ihres Komplotts. Die Schandtat wird abgetan, das Grauen lässt sie kalt. Nach dreißig Minuten tritt der schweißgebadete Charme de Gaule vor seine Auftraggeberinnen, wird als Held empfangen und bekommt als Belohnung ein kostenloses Blowjob-Monats-Abo zugesichert.

Wenige Minuten später kommt Fleur d'Orange herausgehumpelt. Die spöttischen Augen der Kolleginnen nageln sich ihr in den Rücken. Ihr verschmiertes Gesicht erinnert an die Verwüstung nach einem schweren Erdbeben ...

Missgeschicke hat Fleur d'Orange bei ihren Bordstein-Gängen also schon viele erlebt. Darunter auch das Schlimmste, das einer Prostituierten – ihren Kolleginnen nach – widerfahren kann. Sie war noch neu im Gewerbe, da verliebte sie sich Hals über Kopf in einen Mann, in dessen Gegenwart es ihr nicht gelang, sich als Ware zu begreifen. Schon nach wenigen Wochen wurde sie schwanger und musste eine Zeit lang die Grand-Rue meiden. Sie war keineswegs ein aus seinem Stern herausgerissener Zacken, sondern erlebte eine *amour fou*, allerdings nur neun Monate lang.

Neun Monate, dann zögerten die Krämpfe nicht, ihr den Bauch zu zersprengen. Ihr Geliebter brachte sie ins Krankenhaus, und damit war ihr letzter gemeinsamer Moment gekommen. Als das Kind da war, suchten die Ärzte eine Weile nach dem Vater, damit er es sähe, doch umsonst.

Der Kerl blieb verschwunden und tauchte im Leben meiner Mutter auch nie wieder auf. Jedenfalls weiß Fleur d'Orange nicht, was aus ihm geworden ist. Wenn sie mit mir spricht, sagt sie immer wieder *Wenn dein Vater hier wäre ...*, und das ist auch schon alles, was ich weiß: dass mein Vater nicht da ist. Das Märchen vom gebenden Mund und dem empfangenden Ohr erzählt, dass dieser Mann noch am selben Tag, an dem ich geboren wurde, eine Beretta an seiner Schläfe detonieren ließ und sein Körper, wohl weil er irgendeine mystische Kraft in sich trug, in der Luft zu schweben begann, nachdem er eine Stunde lang auf dem Asphalt im Blut gelegen hatte, und sich dann in den Wolken verlor ... Ich hingegen treibe durch die Mäander der Stadt, dringe in die Eingeweide der Straße vor und weiß daher von Dingen, die meiner Mutter nicht bekannt sind oder die sie mir verschweigt. Auf jeden Fall wird sie es nicht aus meinem Mund erfahren.

Seit meiner frühesten Kindheit wuchs ich in den Armen des neuen Partners meiner Mutter auf, eines Mannes, den viele für meinen Vater halten. Ich nenne ihn Papa, alle nennen ihn Papa, als wäre er der Vater aller, aber in Wahrheit ist er nicht mein Vater, ist niemandes Vater. Ich weiß nicht, woher sein Spitzname kommt, und glaube, dass niemand es je gewagt hat, ihn, der keine Kinder zu haben gedenkt, zu fragen, warum er sich so nennt oder nennen lässt. Wie auch immer, es überrascht die Leute hier nicht wirklich, man ist vertraut mit dem Paradoxon ...

Liebes Mondmädchen,

die Tinte taugt nicht, meine Hand ist ungelenk, und das Papier widerspenstig. Nur das Unwahrscheinliche kennt Deine Bestimmung. Ich versuche, das Azur zwischen meine Finger zu flechten, um Dir zu schreiben. Der Horizont verhärtet sich bei jedem Versuch. Und deswegen ist dieser Brief zwei Jahre alt, ebenso alt wie die Angst, die ich bei der Schwierigkeit verspüre, mich Dir zu nähern. Ich schreibe Dir und habe die Verzögerung im Hals sitzen. Ich spreche zu Dir mit meinen toten Vögeln, weißen Adern und gekrümmten Sonnen: bittere Früchte der vielen Kilometer, die zwischen unsere Herzen geschüttet wurden. Ich versuche, auf Dich zuzugehen, in der Hoffnung, unsere Sehnsüchte könnten im gleichen Wasser miteinander verschmelzen. Dich zu lieben, ist der süßeste Weg zum Leben. Ich bewege mich vorwärts. Erinnere mich, wohlig, an jeden unserer Blicke, an jeden unserer gemeinsamen Augenblicke, habe den Moment vor Augen, in dem wir uns letzte Woche gestreift haben, wie Du am Arm Deines Vaters aus dem Klassenzimmer kamst. Und den Tag, an dem Du Dich an meine Brust geflüchtet hast. Ich höre immer noch die Glocken Deines Herzens läuten. Und da packt mich das große Zittern. Ich zittere, verzeih mir, wenn meine Worte stolpern. Du musst wissen, dass sie in der Absicht ausgesprochen werden, Dir direkt in die Augen zu schauen und Dir von meinem Traum zu erzählen, darin zu wohnen. Ich kenne Deinen Blick, er ist das Meer, das über den Frühling wacht; jedes Mal, wenn ich ihm begegne, sehe ich darin die weite See und spüre, wie sich unsere Sehnsüchte darin glutrot färben, so dass sie die hohen Mauern, die uns trennen, zum Einsturz bringen. Aber Dein Vater schirmt alles ab. Ich bin D

Wieder daneben, aber ich gebe nicht auf. Eines Tages wird das Papier nicht mehr zerknüllt und ich werde diesen Brief fertigbekommen. Eines Tages werde ich in der Lage sein, passgenaue Worte zu finden, um mich an mein Mondmädchen zu wenden. Daran halte ich fest. Meine Mutter erzählt, es habe einmal eine

Zeit gegeben, in der es als elegant galt, zur Feder zu greifen und dem Herzen Flügel zu verleihen, und dass man lange Zeit Briefe an andere schrieb, um Liebeserklärungen auf Papier zu machen, und dass das so wunderbar, so verheißungsvoll gewesen sei.

Seit zwei Jahren sitze ich nun vor einem Blatt Papier, das ich mit Zärtlichkeit füllen möchte.

Ich werde diese Baustelle nicht verlassen. Ich werde an mein Mondmädchen schreiben, noch bevor die Nacht hereinbricht. Werde schreiben, weil ich nicht weiß, was ich sonst unternehmen könnte. Schon so lange suche ich nach einem Weg zu meinem Spiegelherz, dem Mädchen namens Silence, aber ihr Vater schirmt sie ab, hält sie in der Schule unter seinen Fittichen fest oder sperrt sie in der von einer Riesenmauer und einer ganzen Schar Stacheldraht umgebenen Luxusvilla ein.

Was tun? Schreiben? Ich mache mich an die Arbeit. Und frage mich: Selbst wenn es mir gelingt, meine Glut in Worte zu fassen, selbst wenn mein Brief auf irgendeine Weise zu ihr findet, selbst wenn sie mit demselben lichten Schwung antwortet, werden wir uns wirklich begegnen können? Werden unsere Körper die Gelegenheit haben, aneinander zu verbrennen?

Was tun?

Mein Kopf verzehrt sich.

Ich bitte den Wind, meine Qual fortzupusten, den Ozean, meinen Kummer zu schlucken, und den Augenblick, mir klare Gedanken zu schenken. Ich rufe die Morgendämmerung an, mir die Hand zu reichen.

Morgen ist eine andere Nacht.

Wie viele solcher Tage werde ich noch erleben müssen? Ich hätte mich sicher besser in ein Buch vertiefen sollen, zur Horizonterweiterung.

Endlich ist der Unterricht zu Ende. Der Lehrer ruft mich in sein Büro, in das Schulleitungszimmer. Wahrscheinlich, weil ich heute Morgen einen Klassenkameraden beleidigt habe, der mich auf die Palme gebracht hat. Ich bereite mich schon darauf vor, tausendmal denselben Satz abschreiben zu müssen, wie es der Lehrer ein andermal von mir wollte, als er meinen Unterrichtsbeitrag für respektlos hielt. Er lässt mich warten. Mittlerweile ist das Schulgebäude wie leergefegt, sogar Silence ist schon fort, ihre Mutter hat sie mit dem Auto abgeholt.

Mir gehen ein paar bizarre Szenarien durch den Kopf, denn dem Märchen vom gebenden Mund und dem empfangenden Ohr nach ist dieser Lehrer zu Mädchen nicht ganz so nett ... Außerdem fällt mir wieder der perverse Blick ein, den er mir immer zuwirft, und dieses eine Mal, als er mich unter dem Vorwand, er könne mich nach Hause bringen, in seinen Wagen einsteigen ließ, und wie er eines Tages an meinen Körperweiten herumtatschte. Außerdem ist klar, dass er damals nicht gerade erfreut darüber war, nach Papas Überfall Silence in meinen Armen vorzufinden. Mensch, was würde ich mich gerne vom Acker machen!

Doch da rüttelt die mit einem Krach zufallende Bürotür meinen Geist wach. Der Beginn eines fürchterlichen Albtraums. Ich höre eine Stimme donnern. Wenn du schreist, bringe ich dich um! Ich versuche trotzdem, den Mund zu öffnen, aber eine Ohrfeige würgt den Versuch ab. Dann zeigt mir der Lehrer sein Messer. Ich habe den Eindruck, er schneidet mir gleich die Kehle durch. Keine Ahnung, was hier vor sich geht, aber ich schweige, denn ich finde weit und breit keinen Schutzschild. Schon ist er bei mir und überwältigt mich. Ich versuche, ihn daran zu hindern, aber er schafft es, meine Arme zu fesseln und meine Beine an einen Stuhl zu binden. Wenn ich könnte, würde ich mich in diesem

Moment umbringen, doch die Fenster ins Jenseits sind versperrt. Der Lehrer zwingt mich, ihm beim Wichsen zuzusehen. Wie viele Messer lassen sich in meiner Seele nieder? Ich fühle mich komplett zerrissen. Da stößt er sein Glied in meinen Mund. Das Drama setzt sich in mir fort. Ich kann nur noch meine Zähne zusammenbeißen. In meiner Würde tut sich ein riesiges Loch auf. Ich wünschte, alles wäre nur ein Traum und dass das Leben irgendwann unversehrt aus diesem Horror herausfindet.

Bevor ich Richtung Ausgang laufe, versuche ich, unterm Wasserhahn im Hof die zähflüssige Milch des Lehrers von meinem Gesicht herunterzuspülen, mich dieses Stummels des Übergriffs zu entledigen. Ermattet trete ich den Nachhauseweg an. Ein paar hundert Meter hinter der Schule muss ich kotzen. Passanten bieten mir Wasser zur Erfrischung an, stellen alle möglichen Mutmaßungen über mein Ergehen an, ich erzähle meine Geschichte nicht, bin zu sehr damit beschäftigt, mir die Fortsetzung auszumalen ...

So lange schon versperrt mir der Lehrer den Zugang zu Silences Territorium, und nun vergeht er sich auch noch an mir, besudelt meinen Körper und meine Intimsphäre. Darf ich dabei zusehen? Ganz bestimmt nicht. Ich verbringe den ganzen Nachmittag damit, einen Schlachtplan auszuhecken. Gehe weder zum Polizeirevier der Schande noch zur Staatsanwaltschaft der Finsternis noch zum Gericht der Verachtung noch zu unserem Ministerium für tarifierte Gerechtigkeit. Mein Stolz hat meine Klage bereits erhalten, der Fall kann nicht zu den Akten gelegt werden. Morgen bin ich an der Reihe, morgen kommt mein Recht zum Zug. Möge die Nacht mir Rat und Waffen verschaffen.

Es dämmert. Die Kulisse steht. Seit gestern warte ich auf diesen Moment. Nach einer Stunde Stau in der brüllenden Hitze der Hauptstraße schießt Monsieur durch die letzte Straße. Diese Straße, die er bis ins kleinste Detail kennt, weil er sie seit über zwanzig Jahren abfährt, seit er in dem Haus wohnt, das er sich dank des Exzellenz-Preises einer ausländischen katholischen Universität bauen lassen konnte. Der Nissan mit Doppelkabine ist neu und gleitet über den Asphalt, der Sitz ist bequem. In seinem wonnigen Zustand ahnt Monsieur nicht, dass ein Unglück auf ihn wartet, eine Gefahr von der Sorte, gegen die keine roten Ampeln aufgestellt werden. Auf Regen folgt Sonnenschein, auf Sonnenschein aber erneut Regen. Monsieur weiß nicht, dass die Nacht für ihn etwas anderes bereithält als die Umarmung eines Kindes, das dem Vater gegenüber nichts als Gehorsam und Liebesbekundungen kennt, und etwas anderes als den ergebenen Kuss einer Frau, die seine Abwesenheit satthat. Genauso wenig weiß er, dass ich auf seine Schule scheiße, die den Geist im Namen des Himmels abrichtet, dass ich auf seinen Geschichtsunterricht scheiße, in dem Moral anstelle von Erinnerung vermittelt wird. Er weiß nicht, dass ich hinter dem Autowrack hocke, das am Eingang seines Hauses steht. Genauso wenig, wie er weiß, dass unter meinem unverdorbenen Blick, dem er jeden Tag in der Schule begegnet, das Verlangen steckt, sein krankes Hirn, das glaubt, es würde Schülerinnen zivilisieren, in die Luft zu jagen. Genauso wenig weiß er, dass er mich daran hindert, meine Blume auf der anderen Seite zu pflücken, dass ich um einiges leichter an mein anderes Ich, an mein Spiegelherz, käme, wenn er nicht die ganze Zeit an ihrem Bett hockte. Genauso wenig weiß er, dass ich nach dem Hieb, den er mir versetzt hat, dass ich nach diesem Übergriff auf den Körper meiner Kindheit zurückschlage und ihm den bitteren Geschmack, den er gegen meinen Willen in meinen Mund gespritzt hat, ins Gesicht zurückrotzen werde.

Monsieur ist ohne Leibwächter unterwegs. Anders als er glaubt, scheint es aber, dass sein Herr im Himmel ihn heute Abend nicht so recht beschützt. Hier nimmt mein Vorhaben Gestalt an. Wie vorhergesehen steigt er aus dem Auto, um das Tor zu öffnen. Im gleichen Zug bringe ich die Stimmen der Vernunft zum Schweigen und schieße den Lehrer nieder. Zwei Schüsse. Einen für den Winter, der sein Gesicht bewohnt, einen anderen für die Nächte, die aus seinem Gehirn quellen. Zwei Schüsse, die zuverlässig zünden. Zwei Schüsse, in denen meine Rache aufglüht. Einen für die Kontrolle über seine Tochter, einen anderen dafür, dass er mich gedemütigt und sich an mir vergangen hat. Zwei Schüsse. Ein Gesang, der sich mit aller Wucht im Raum ausbreitet, so dass es zu einem schrillen Widerhall kommt. Und das Leben hört auf zu erklingen. Der Körper schasst seine Flammenbäume. Üppige Lachen spielen Geometrie auf der Windschutzscheibe. Eine Pfütze breitet sich auf dem Boden aus. Ich sehe, wie die blauen Schleier meiner Kindheit im roten Teppich zerreißen. Es ist das erste Mal, dass meine Hand so eine Katastrophe unterschreibt: Leib durchbohren und Atemluft kappen. Lebenszeiger zerbrechen. Den Leib des Vaters von Silence durchstechen, dieses Mädchens, von der die linke Seite meiner Brust eingenommen ist. Dem Vater von Silence die Luft nehmen; Silence, mein Mond, dieses Sternmädchen, das das Rinnsal meiner rosaroten Träume bewohnt.

Nach vollbrachter Tat hatte ich gehofft, das Verbrechen auf die Trampelpfade der Vergessenheit kippen zu können. Dabei kehre ich schnell auf die Hügel meiner Kindheit zurück, wo die Fahne meines gescheiterten Vaterlands weht. Ist das hier die Nacht? *Du wirst ...*

Ich kenne meine Klippen, meine Schattenviertel. Ich bin nicht die am geringsten Entblößte unter der Waffensonne. Papa hat mir viel beigebracht über die Laufrichtung des Bluts, die schießeisernen Reigen im Gelände der Hände. Schmutzige Jobs habe ich schon viele erledigt. In meiner Schuluniform mache ich hochriskante Geschäfte möglich. In Papas Auftrag liefere ich Kaliber. Für ihn hecke ich auf der Straße die passenden Überfalls- oder Entführungspläne aus: Hier etwa der Herr, der das Klassenzimmer vorzeitig verlässt und erklärt, er müsse noch einen Scheck ausstellen; da der pedantische Junge, der unbedingt alle wissen lassen muss, wie viel sein Handy und seine sonstigen elektronischen Spielgeräte gekostet haben; dann das Kind, das in einem Luxusschlitten zur Schule gebracht wird, der nicht weiter das Vermögen der Eltern anzukratzen scheint. Betäubungsmittel verletzen den Blick der Polizisten; sie verwechseln meine Pausenbrotdose mit einem Lieferboot. In meinem Rucksack brüten Bücher ganze Ladungen aus. Es kommt vor, dass ich mit einer Sturmhaube auf dem Kopf und einer 9 mm als Armverlängerung eine Geisel bewache.

Einen ordentlichen Haufen Schlamm habe ich im Laufe meines Lebens auf meiner Stirn angesammelt. Noch nie aber habe ich einen Körper in den ewigen Staub befördert, noch nie jemandes Atemluft abgewürgt, noch nie jemanden abgeknallt, nicht vor der Sache mit dem Lehrer. Jetzt also ein Mord auf eigene Rechnung. Vielleicht ist das der Schritt, der mich bislang vom Höhepunkt einer finsteren Irrfahrt getrennt hatte. Letzter Schliff. Der Wermut einer sternenhaften Laufbahn umweht mich.

Ich kaue die Bruchstücke meiner Finsterkeit durch, hin- und hergerissen zwischen blutbeflecktem Ruhm und der Schlichtheit eines azurblauen Himmels, der mir vielleicht die Kehrseiten dieses Lebens vorführen könnte. Ist das Einsamkeit? Ist das Nacht? Fühlt es sich so an, in der Nacht allein zu sein? Ich kann nicht anders, muss meine Lage durchkauen.

Du wirst ... Du wirst allein sein.

Du wirst allein sein in der großen Nacht.

Wie auch immer, zum einen habe ich mich gerächt, zum anderen das Gefühl, mir einen Weg zu meinem Spiegel, zu meinem Mondmädchen hin zu bahnen ... Ich verstaue Waffe und Sturmhaube unter den Büchern in meiner Tasche und mache mich auf. Sehe zu, dass ich zurück auf die Hauptstraße komme. Bemale mich mit Angst und schließe mich zwei Erwachsenen an, die ganz offensichtlich noch vor dem Geheul der Kugeln auf der Flucht sind. Sie machen sich Sorgen um mich und wollen wissen, wieso mich meine Eltern zu dieser Stunde, wenn die Kanonen doch Morpheus vom Sockel holen, auf die Straße lassen. Ich schließe mich ihrem Gejammer an ...

Nun sitze ich im Bus, poltere allerdings über ein Pflaster aus Grübeleien. Meine Geschichte, diese Ansammlung von Katastrophen, fällt mir in den Nacken. Ich laufe nochmal die Korridore meiner Kindheit ab, sammele spritzerweise kaputte Träume ein. Der Bus hält. Ich selbst bin noch voll im Film. Und steige aus.

Der Nachbar hat bestimmt mich im Kopf, wenn er diese Gangsta-Rap-CD anwirft. Ich zünde mir eine Zigarette an. Hintern auf Zementblock, Rücken an Hüttenwand, so starre ich ins Leere. Da ich mein inneres Drama nicht mehr aus dem Weg räumen kann, tauche ich darüber hinweg und in meine eigene Ferne hinein, in diese langsame Hölle, die ich nicht ohne Turbulenzen durchquere. Stürzen Sterne hinunter, so kann der Himmel ihre Schönheit nicht wieder zurücknähen. Mein Kieselstein ist fortgeschleudert, wie soll ich nur der Leere Gestalt geben? Es ist davon auszugehen, dass alles um mich herum nach Nacht aussieht.

Du wirst ... Da ist es wieder.

Ich, Tête Fêlée, Allegorie auf tausendundeinen Ghetto-Kummer ... Meine Suche nach der Lebenssymphonie läuft gerade auf Grund. Meiner schiffbrüchigen Stimme wegen hallt mein Atem fortan in einer Schlamassel-Spirale wider. Merkwürdiger Missklang. Mein Name ist ein Gedicht vom Ende der Welt.

Ätzende Glut hält die Ränder meines Lebens gefangen, zerfrisst mich noch bis in die Tiefe. Die Haut ist dem Dornengesang ausgeliefert, und ich, unterwegs in einem riesigen Irrgarten, weiß nicht, wann es endlich einen Durchschlupf gibt, der mir wieder Aussicht auf einen Horizont gewährt. Wie eine Kerze, die sich tödliche Tränen aufdrängt, werde ich in den Bereich der Gewalt hineingezogen und fordere meinen Blick, bis mir die Augen bluten. Bis in die tiefsten Eingeweide hinein zerfleddert, hinterlasse ich eine Grabinschrift auf den geköpften Blumen meiner Kindheit. Zerrissene Schleier, gebrochene Flügel im Zeitensturm.

Manchmal verstehe ich die Menschen, die wie mein Vater mit seiner geliebten Beretta – dem Märchen vom gebenden Mund und dem empfangenden Ohr nach – eines Tages aufstehen und sich ein für alle Mal das Hirn wegblasen. Meine Kindheit ist eine Herde Nadeln im Fleisch meines Lebensalters. Jämmerliche Gegend, ach, geliebte Cité de Dieu, verflucht seist du für meine zornig hochgezogenen Träume.

Die Gewalt fließt, wilde Grammatik. Ich habe davon getrunken, sie hat meine Zunge verschlungen. Ich habe meine Unschuld geliebt, liebe sie noch immer, mühe mich mit der Bestie ab, die mich in Beschlag hat, hatte meinen Händen Feingefühl versprochen, aber das Schusseisen hat sich durchgesetzt. Die Gewalt hat sich in die Leerzeilen gedrängt. Dreckstratsch verletzt meine Stimme.

Erwischt mich so die Einsamkeit? Ruft so die Nacht nach mir? Ich höre wilden Gesang, einen mir vertrauten Refrain. *Du wirst ... Du wirst allein sein. Du wirst allein sein in der großen Nacht.*

Die Zeit muss eiligst überbrückt werden, mich selbst muss ich mit Gewalt beseitigen: Ich vergifte mich, um jemand zu sein, inmitten dieser Bestien, die sich selbst über ihr Naturell belügen. Abhauen aus dieser missratenen Welt, den Wunden entkommen, die die Zwischenräume des Traums markieren, zumindest ein Schrei im Schlachthaus sein: Ich werde nicht unter diesem blutigen Menschenvertrag verrecken.

Ich fühle mich unwohl. Fühle mich unwohl in meiner Uniform. Fühle mich mehr als schlecht in meiner Haut. Etwas lauert auf mich. Grimmiges Grummeln tief in mir. Damit alles seine Ordnung hat, versuche ich mich so sehr zu verfinstern, wie es nur geht. Das fällt mir nicht schwer, da mir Finsteres vertraut ist. Seit meinem ersten Schrei auf dieser Welt kommt die Sonne ans Licht. Die Zeit wird zerfressen, verwickelt die Fäden, statt sie zu verweben. Das Leben, das sich ewig schwertut mit der Geburt seines Regenbogens. Hier stehe ich, hier in dieser kleinen Kirche, unter den vielen anderen Seelen, die gekommen sind, um ihre Trauerpflicht zu erfüllen. Um mich herum eine ganze Delegation Schulkameradinnen. Da sitze ich nun, und seit meiner Ankunft sind meine Augen dazu verurteilt, gen Boden zu blicken. Nein, sage ich mir mit gesenktem Blick, das ist nicht die beste Art, sich zu verkriechen. Und überhaupt: Warum sollte ich mich hier verstecken? Ich sitze doch bereits in der Traufe, muss nur noch eins mit der Brühe werden.

Sobald ich den Kopf hebe, blicke ich der Hoffnung auf frisches Wasser ins Gesicht: Silence. Ihre Augen erhellen die Blässe zwischen meinen Augenlidern wie Leuchtkäfer. In ihren Pupillen tanzt der Frühling, die Sonne, diese Seiltänzerin, kraxelt ihre Wimpern entlang. Ihr Blick ist eine wellenschmeichelnde Fläche Sand. Welche Chance hat da noch der Sommer, Mademoiselle, wenn dein Blick mit so viel Wärme daherkommt? Ich lasse ein einmaliges, unbeflecktes Lächeln fahren, es soll durch die Fenster ihres Herzens fliegen. Sie macht den Weg frei. Ein irrer Zauber ruft uns. Trotz meines Wunsches nach Leichtigkeit verliert diese Geste ihren Faden Ewigkeit. Weil ich mich unwohl fühle. Ich fühle mich unwohl in dieser Menge, die unterm Tränendach hockt. Granatenhagel unter meiner Haut. Ein Brechreiz überfällt mich mit Hochdruck, ich kann ihn nicht mehr zurückhalten. Ich schaffe es ganz knapp aufs Klo und spüre Anspannung meinen Körper aushöhlen. Immer schön waschen, sagte meine Mutter, um meine Kindheit trotz aller Schäbigkeit reinzuhalten. Also wasche ich mich. Ich wasche mir das Gesicht, nachdem ich die WC-Schüssel gefüllt, meine Eingeweide durch den Mund entleert habe.

Beim Reinkommen hatte ich versäumt, die Tür hinter mir abzusperren. Sie überrumpelt mich, als sie aufmacht, kommt herein und schließt die Tür. Ich kriege gerade mal ein Zittern hin. Dieser Blick, der mich vor ein paar Minuten noch umgehauen hat, lullt mich erneut ein. Alles ohne große Umwege, wir sind direkt auf Sendung. Befinden uns mitten im Traumtaumel.

Mit einer seltsamen Bewegung macht sie das raumzerreißende Schweigen komplett. Ihre feinen Hände fassen nach der Ruhe meiner Wangen. Dann legt sich das Feuer von ihren Lippen auf die meinen, und mein ganzer Körper wird in Brand gesetzt. Da sind wir nun, Silence und ich, fest umschlungen. Ich spüre den Bau ihres Körpers, das Unendliche der Lust. Ihr Körper ist ein Sonderbeauftragter der Zärtlichkeit. Ich fahre meinen Finger, dann meine Zunge aus und fange an, die Beschaffenheit ihrer Unterlippen neu zu erfinden. Sie antwortet mit einer unvergleichlich sanften Berührung. Ich schlüpfe durch die Öffnung ihres Geschlechts. Glücklich der Abgrund, der nach uns ruft. Der Weg glüht. Die Straße weint ihren Durst nach unseren Schritten aus. Ein Geschmack von Ewigkeit umgibt uns.

Verbrannt seien alle meine Briefe, verbrannt meine unfertigen Sätze, ausgelöscht sei mein Gerede, wir sind nun ganz bei der Sache, unsere Körper geben sich der besten Sprache hin, die es gibt.

Die Reise wird lang, im richtigen Moment kehre ich atemlos davon zurück. Mein Mondmädchen trinkt ihren Schrei unterm Kleid, das sie, um den Weg freizumachen, bis zur Brust hochgerafft hat.

Wir verlassen das Klo und begeben uns wieder in die Kirche. Nehmen wortlos unsere Plätze wieder ein. Silence freut sich, dass sie mit mir gekommen ist, darf es sich aber nicht ansehen lassen. Um der durch die Bedingungen auferlegten Traurigkeitspflicht gerecht zu werden, fängt sie an zu heulen. Ich weine auch, um mich besser dem Chor derer anzuschließen, die dem Lehrer die letzte Ehre erweisen wollen. Um mich Silence weiter zu nähern. Über die Stimme. Die Stimme kann sich als ein Weg zur anderen erweisen. Die Stimme, oder eher ein Schluchzen, das einen Blick zu kompensieren sucht, den ich jetzt suche, wobei ich aber nur auf Abwesenheit stoße.

Die Frau des Lehrers findet ziemlich deutliche Worte. Schluchzer kommen ihr kaum aus der Kehle, nur wenig Geschrei ist in ihr. Die Tränen leisten ganze Arbeit. Eine polizeiliche Untersuchung lohnt sich nicht, sagt sie, die menschliche Gerechtigkeit ist eh vor die Hunde gegangen, die Gerechtigkeit hienieden verrottet, der Ranghöchste des Landes, in das der Lehrer fortgeht, wird seine Waage nehmen und das Gleichgewicht wiederherstellen. Es gibt keinen Grund, Gerechtigkeit dort zu suchen, wohin man nicht zurückkehren will.

Die Lehrersgattin spricht alles aus, oder fast alles. Donnerstags wird es traurig sein, das sagt sie nicht, weiß nichts davon, schafft es nicht auszusprechen. Denn sie weiß nicht, dass alle Donnerstage traurig für mich sein werden. Bald ist wieder Donnerstag. Der Donnerstag wird traurig sein. Trauriger als ein Sonntag für eine Tochter, die ein Requiem an ihren Vater richtet. Mein Mondmädchen wird fortfliegen. Silence wird am Donnerstag in ein Flugzeug steigen, mit ihrer Mutter in die Vereinigten Staaten düsen, sich in den Strom von New York stürzen und nie wieder hinausfinden. Raus aus diesem Land mit seinen lockersitzenden Kugeln. Raus aus diesem Land der zwölfjährigen Gangster. Runter von dieser Insel mit ihren unendlichen Schwindelliedern. Raus aus diesem Land, in dem eine Schülerin ihren Lehrer ermordet. Beachten wir dabei auch, ja, beachten wir vor allem, dass der Lehrer sein Glied in meinen zwölf Jahre alten Mund bugsiert hat ...

Jeder Donnerstag wird traurig sein für das Mädchen, das den geliebten Körper aus den Augen verliert, den sie gerade einmal am Tag der Beerdigung jenes Mannes berührt hat, der ihr den ersten Mord beschert hat. Siehst du, das ist alles, was ich von den Worten der Lehrersgattin behalten habe. Bloß ein schweres Erbe bleibt mir von ihren Worten. Mein Anteil an diesem Kelch ist das Arsen meiner Zukunft. Die Bitterkeit wird jeden Donnerstag an meinem Tisch speisen.

Du wirst ... Du wirst allein sein in der Nacht. Stehe ich vor dem echten Spiegel? Sieht so die Nacht aus? Papas verstörende Schallplatte dröhnt mir durch den Kopf. Ein Katastrophensatz, der mich schon lange zur Geisel genommen hat. Und nie gelingt es mir, seine Bedeutung zwischen meinen dunklen Lebenslinien zu erfassen.

Die Tage verblassen. Meine frische Geliebte geht fort. Die Eindrücke sind noch lebendig, ich genieße sie und gleichzeitig bringen sie mich zum Weinen. Meine Tage haben die Traurigkeit im Gepäck. Das bittere Blut dieser Abwesenheit dreht sich in mir, unermesslich ist das Land der Einsamkeit, das mich bewohnt. Ich denke an meine Eintags-Liebe, meine flüchtige Flamme, meine nicht-einmal-einstündige-Geliebte, stelle mir die wundervollen Dinge vor, die wir gerade versäumen, träume von Silence, träume in meinem Viertel, in der Cité de Dieu, von meinem Mondmädchen, was mittlerweile eine Last ist. Wer wird mich retten?

Ich lebe in der Cité de Dieu, und das ist weder ein Film noch ein Fantasy-Roman. Hier sieht man Wangen, auf die die Armut niederschauert, trifft auf zerborstene Blicke, gähnende Augenabgründe, leerlaufende Plappermäuler, auf meilenweites Brot-, Bildungs- und Ernährungsexil, sieht die Kinder, die keine Aussicht auf Sonne haben, im Schatten der Gewalt herumkriechen und zu Gangstern werden, um sich später gegenseitig abzuknallen, diese Luft-Abdrossler, spürt die unerbittliche Verwesung während der Seuchenzeiten, in der man nach einem Lichtstrahl Ausschau halten muss, ewige Abwärtsspirale, träumezerschlagendes Land, dazu die zugrunde gehende Jugend und die angegangenen Frauen, die stillschweigend über die Wunden hinwegmarschieren, ihre Worte für immer unter dem Schleier der Scham verbergend, den die angeblich moderne Gesellschaft erzeugt.

An die jungen Leute aus Elendsvierteln wie der Cité de Dieu händigen Regierungen und Regierungskandidaten Waffen und ein paar Handvoll Reis aus, um ihre miesen, unter dem Deckmantel der Demokratie ausgehandelten Ziele umzusetzen. Aus denselben Gründen, aber nicht von denselben Personen angeworben, tun sich diese jungen Leute im Kampf gegeneinander hervor, suchen sich in der Stadt willkürlich ein paar Körper aus, die geschlachtet werden sollen, Atem, der erdrosselt werden kann, Seelen, die sie ohne Rückfahrschein ins Land ohne Hut verfrachten können.

Zwischen Angst und Unsicherheit breitet sich Verzweiflung aus. Eine Regierung folgt auf die andere, andauernd singen die Waffen und nie gibt es genug Reis für all die Mäuler; das Leben ähnelt immer mehr den uns einkreisenden Müll-Imperien, es überleben die gewalttätigen Fliegen, denen es gelingt, über sie hinwegzufliegen.

Hier herrscht menschlicher Duft, den wir so gerne teilen würden, dazu worterstickender Kakerlakendunst. Tagsüber Chaos, das Morgengrauen eingeklemmt im schneidenden Gesang der Nächte, roher Stacheldraht, der die Haut unserer Hoffnungen niederzwingt. Wir sind unter den Lebensschrott gemengte Körper, Stimmen, die nach einem sanften Lied suchen. Wir sind dieses Viertel, ein Arsch, der darauf wartet, abgewischt zu werden …

Im Gefängnis. Das ist mein Viertel. Hier, die seltsame Cité de Dieu, in der sich meine Träume aufheizen, meilenweit entfernt vom geliebten Körper, der bestimmt gerade dabei ist, sein Oberteil den mondänen Winden New Yorks zu öffnen. Hier, die meiner Trostlosigkeit zupasskommende Umgebung. Der menschliche Atem besitzt nicht länger die Sanftheit von Flügelschlägen. Hier, im Gefängnis der Lebensregungen. Nichts zu sehen in diesen Mauern, nichts als ein erstarrter Horizont. Wirre Träume, denen es nicht gelingt, ihren Ausgangspunkt neu zu orten. In den Netzen der Zeit verfinsterte Saison. Die Wirren des Jahrhunderts erschüttern uns, doch unsere Bewegungen beschränken sich weiterhin darauf, Trägheit anzuzeigen. Der Weltraum wird dir die Schwere der Leere erklären.

Weil Liebkosung fehlt, geben sich unsere Körper der Sprache der Trümmer hin. Unsere Schritte verblassen in den Lebensgegenden und lassen den Staub sich sammeln. Wenn der Alltag ruft, gibt es keine Worte für die Unwägbarkeiten der Überlebenssuche. Zwischen dem Bedürfnis, ein Stückchen Leben, ein neues besseres Leben zu ergattern, und der Überflutung durch den Dreck sowie der vor uns hochgezogenen Mauer der sozialen Ungleichheit, zwischen der Hoffnung darauf, anders zu leben, und den Randbezirken, die man uns zu bewohnen auferlegt, diesem ewigen Kreislauf der Verachtung, kommt unweigerlich Sterbenslust auf. Wir sind Wesen in Agonie, wie Augen unterm Einfluss eines Staubsturms.

Hier ist alles Ruhm fürs Nichts, Halleluja auf die Scheiße.

Ich wohne nun schon seit einiger Zeit hier, ganz am Ende dieses verkommenen Viertels, in dieser Bruchbude, der es in der Umgebung an ihresgleichen nicht unbedingt mangelt. Eine heruntergewirtschaftete Hütte, in der unsere Körper über die Tage einrosten. Kleiner Betonturm, der mit Ach und Krach an einem Blechdach trägt. Zwei Zimmer, beziehungsweise der durch einen in der Mitte gespannten Vorhang erweckte Anschein zweier Zimmer. Auf den Korridor hinaus führt ein Fenster, das einzige überhaupt, es ist von einem blickdichten Stoff verdeckt, der nur gelüpft wird, wenn uns ein ungewöhnliches Geräusch von draußen aufschreckt. Befände sich diese Luke am anderen Ende, bei den Latrinen, säßen wir buchstäblich in der Scheiße. Sie nehmen ein Dutzend Ärsche auf und der Gestank ist unvergleichlich penetrant.

Das Wichtigste ist jedenfalls, dass wir eine Behausung, dass wir eine Tür haben, durch die wir rein und raus können. Dass wir eine Unterkunft haben, während wir darauf warten, aus dem roten Block zu kommen und ins echte Leben einzutreten. Dass wir eine Adresse haben, auch wenn uns inmitten dieser Lebenswindungen die Orientierungspunkte fehlen. Nicht ganz lebendig, aber da sind wir, unter diesem Dach, das unsere Tätigkeiten, unsere Fehlleistungen, unseren vielen Kummer und unsere spärlichen Freuden defilieren sieht.

Gesicht gegen die Wand. Rücken gegen die Wand. Hände werden ihren Schmodder an den Wänden los. Ungeziefer wird an der Wand zerquetscht, wo die Kadaver lange und vergeblich auf eine Bestattung warten. Ein Körper – meist Kind oder Frau – presst sich an eine Wand, um eine Tracht Prügel abfedern zu lassen. Vors Gesicht geschlagene Hände an einer Wand, jemand weint. Während die Handflächen mit der Wand kämpfen, nimmt jemand das Glied eines anderen von hinten auf. Unzählige solcher Durchmärsche können die Wände bezeugen. Die Wände besitzen die Erinnerung an Millionen Umklammerungen.

Wenig Geschirr. Vielleicht, weil es uns kaum gelingt, es zu füllen. In einer Ecke des Raums stehen zwei große Schüsseln, wenn sie nicht gerade daran mitwirken, die Kleidung von menschlichen Spuren zu befreien. Ein paar Stühle, die von allzu vielen Hintern bald den Geist aufgeben werden, stehen um einen alten Tisch herum, der einzuknicken scheint, sich aber irgendwie aufrechthält. Er widersteht der Zeit, über all die Jahre, in denen hier eine ganze Waffensammlung gereinigt wurde. All die Jahre, in denen er dabei zusah, wie Körper in der Glut des Sex miteinander verschmolzen. All diese Jahre, in denen er dabei zusah, wie Flaschen geleert wurden und eine Frau volllief.

Wir sind hier zu dritt. Und doch werden wir nie gemeinsam am Tisch sitzen. Wir stecken in derselben kleinen Hütte, doch jede in ihrem eigenen Revier. Eingeklemmt zwischen Tausenden von Welten, inmitten des Wusts, versuche ich also, meine eigene Welt zu gestalten. Dabei sollen wir in diesem Raum ein gemeinsames Werk schaffen, Leben in die Bruchbude bringen.

Es gibt einen Ventilator, der nicht funktioniert, aber die Szenerie vervollständigt. Da ist der Lärm aus der Nachbarschaft, der hier aufläuft, unserem Schweigen Sinn verleiht. Geschmack von Leere. Hitze und Mücken. Und das Lumpenreich, in dem drei menschliche Schatten herrschen: Papa, Fleur d'Orange und ich. Keinen Spiegel, vielleicht damit wir unseren Gesichtern besser entfliehen, uns leichter verfehlen können. Das hindert Papa jedoch nicht daran, ständig von seinem Spiegelbild drangsaliert zu werden. Es genügt, dass er eine Sekunde innehält, schon sieht er seinen Doppelgänger in sich eindringen, es genügt, dass er sich kurz gehen lässt, schon hat ihn ein fremder Geist in der Mangel. Der, der er sein wollte, der Mann ohne Verbrecherhand. Sein Gegenstück. Das Stück, das er sich nie aufpfropfen konnte. Der Metall-Engel in seinem Blut-Epos schert sich einen Dreck um den Menschen, der Papa vielleicht hätte sein können. Wenn er es war, der den Letzteren formen sollte, dann, sagen wir mal, hat er es grade mal geschafft, den Zeigefinger des Jungen zum Abzugshebel zu machen. Seitdem ist der junge Papa zum Abknallen bestimmt.

Das Wasser führt in einem fünfhundert Meter von hier entfernten öffentlichen Brunnen sein Stück auf, lässt über Stunden einen Haufen Behälter vor sich hin stöhnen. Manchmal ist es möglich, sich das Wasser zu einem Wucherpreis bei einem Nachbarn zu besorgen, der genug Eimer füllen konnte. Dann haben unsere Körper Pech gehabt, denn nicht immer haben wir Lust, uns zu waschen, wenn wir es unter freiem Himmel tun müssen. Pech auch für unseren Durst, unsere Leben ziehen seit Urzeiten von Wüsten umschlungen dahin.

Man könnte sagen, wir sind hier allein in der großen Nacht.

Ich bin ein Wrack, das in diesem finsteren Tal von der Einsamkeit geritten wird, wo ich einen endlosen Brief an meine Geliebte schreibe.

Wenn wir die Dinge einmal in aller Ruhe betrachten, dann hätten wir nicht im Auftrag des Drecks leben, unsere Existenz nicht den Blüten der Scheiße überlassen sollen. Ich frage mich oft, woher wohl diese Angewohnheit stammt, das Wesentliche des Augenblicks immer auf morgen zu verschieben. Die Antwort bleibt aus, zumal ich die Frage nie in den Raum stelle. Fleur d'Orange und Papa ziehen es vor, heute gerade so über die Runden zu kommen und ihr Einkommen auf zukünftige Projekte zu setzen, die das Leben sie aber vielleicht gar nicht verwirklichen lässt. Das fällt unter Blödheit, würde ich sagen. Es ist ein bisschen wie bei diesen Christen, die nichts gegen das Leiden und die Fehlentwicklungen der Welt haben, weil sie so davon überzeugt sind, dass sie in absehbarer Zeit – die zunehmend auf sich warten lässt – in den Genuss eines nie dagewesenen Wohlergehens kommen werden, an einem dem menschlichen Sinn unbekannten Ort, in einer verschwommenen Existenz, in einem Paradies, dessen Beschreibung die Wahrheit verrät: In diesem angeblichen Himmel enden die Leute als Roboter, dazu verurteilt, die Handflächen zusammenzulegen und einen Papst zu verherrlichen, der noch despotischer ist als der auf der Erde.

Die Arbeit von Fleur d'Orange besteht darin, die Lustanzeige steigen zu lassen und so ihren Profit zu maximieren. Sie arbeitet nicht auf freiwilliger Basis, und ihr Körper bringt gutes Geld ein. Divine, Monsieur Schritt und der Politiker, dessen Arsch auf alle Stühle passt, das sind drei Stammkunden für insgesamt elftausend Gourdes im Monat. Nicht zu vergessen die Prämien für über das übliche Miezenmaß hinausgehende Leistungen. Eine Unze für die Haushaltskosten. Ein guter Teil für Alkohol und etwas zum Rauchen. Und den ganzen Rest zum Sparen. Sie trägt sich mit dem Gedanken, eines Tages ihr kleines Vermögen zusammenzukratzen und sich nach Amsterdam abzusetzen, um eine angesagte Lust-Arbeiterin zu werden, eine Luxus-Hure. Bald, in nicht allzu weiter Zukunft. Denn ihr Körper kann nur noch ein Jahrzehnt lang wirklich gute Arbeit leisten, so ihr Eindruck.

Papa ist der bestbezahlte Söldner des Metall-Engels. Das bedeutet ein ziemlich fettes Gehalt, das bei jedem Einsatz und je nach Umfang der Jagd und eingebrachtem Talent angepasst wird. Als erfahrener Killer und in anderen Verbrechen Bewanderter ist dieser Mann ein guter Handlanger für seinen Chef. Und an Opfern mangelt es in dieser Stadt nun wahrlich nicht, wenn sich erstmal Killerhunde seines Kalibers an die Arbeit machen. Entführungen, Waffenhandel, Hackerangriffe, Rauschgifthandel, unausführbare Missionen, Mord auf Bestellung, Raubüberfälle und andere Dinge im Auftrag des Metall-Engels. Rechnet man die Provisionen zusammen, kommt da ein ordentlicher Batzen Geld rein. Nicht zu vergessen, was er bei den krummen Dingern einnimmt, die er selbst ausheckt, am Boss vorbei.

Ein klitzekleiner Betrag kommt uns zu. Ausreichend, um mir in einer der Schulen vor Ort eine Ausbildung zu bezahlen, für die ich mir nicht einmal die Zeit nehme, so sehr habe ich mit der Schule des Lebens zu tun. Ein popeliger Haushaltskostenbeitrag genügt. Er kann nur Geld ausgeben, um seinem Traum näher zu kommen, seinem Traum von einem ruhigen, zurückgezogenen Leben. Alles, was Papa sich ausmalt, wenn es um sein Geld geht, ohne es aber jemandem anzuvertrauen, ist, sich eine schnieke Villa in einer der Gegenden abseits der Hauptverkehrsachsen zu bauen und so den Blicken der Massen zu entfliehen. Ein Ort, von dem aus sich die Stadt besser beherrschen lässt. Richtig schön weit weg von den Menschenmassen. Eine Villa, die seine Einsamkeit begleitet. Dort, wo er seiner Ruhe nachspüren kann.

Und ich? *Du wirst …*

Wenn ich Geld hätte, würde ich genau jetzt durch den Unterbauch des Himmels tingeln und die Wolken zerreißen, um zu meiner Fee ans andere Ende Amerikas zu gelangen. Wenn ich nur ein bisschen von diesem Metall, von diesem Papier besäße, das die Zeit in den angeblich Vereinigten Staaten wert ist, dann wäre ich jetzt in New York und läge in den Armen meines Mondmädchens.

Als hätte der Schmerz beschlossen, so viel zu verzehren wie noch nie. In dem abgehängten Viertel Martissant war eine Zeit angebrochen, in der die Gewalt stur wie ein Esel vor sich hinarbeitete und Pfeile auf alle Lebenssterne abschoss. Es folgte ein rauer, unwiderruflich roter Gesang, in dem die Tage nicht ineinander übergingen, ohne dass die Ohren vom Kehrreim der Kugeln zugeknallt wurden und es Leichen regnete – damit war jede Hoffnungssonne im Keim erstickt. Der Himmel überm Viertel hatte sich verbogen, war blass geworden wie die Gesichter, die es bewohnten, diese Geister, die es sich zu Schulden hatten kommen lassen, die Saiten der Existenz auf Erden anzuzupfen. Bündel von Schmerz prallten wie zerbrechliche Erzählungen gegen Felsen. So viele schreckliche Landschaften, dass die Augen ihre Fähigkeit zur Betrachtung einbüßten. So viele mit Stacheldraht verschlagene Oberflächen, dass die Körper keine Geschmeidigkeitsphilosophie mehr aufbrachten. Vergeblich kämpfte das Wetter darum, schön zu sein, doch bitterer Geschmack zerlegte jeden Horizont in seinem Versuch, sich auf den Lippen des Lebens niederzulassen.

Oft geschah es, dass den Leuten auf dem Heimweg im Gemurmel der Dämmerung die armseligen Münzen, die sie verdient hatten, indem sie ihren Schweiß auf dem siffigen Markt von Croix-des-Bossales vergossen hatten, wieder abgenommen wurden. Es kam vor, dass ein Typ um die Ecke gebracht wurde, sobald sich herumsprach, dass er sich am Schoß eines Mädchens getummelt hatte, bei dessen Anblick ein Gangster bereits seinen Lusttraum hochgezogen hatte. Es kam nicht unbedingt selten vor, dass jemand frühmorgens beim Öffnen der Tür auf einen leblosen Körper stieß, der die Gelegenheit zu einem Bad in frischem Blut nutzte. Es kam vor, dass ein gerade aus der Schule kommendes Kind in eine Drecksunternehmung hineingerissen wurde, sich von einem Mann festhalten lassen und in dessen Laden verkriechen musste und erst am nächsten Tag, wenn das Geheul der Kugeln vorbei war, wieder bei seinen Eltern auftauchte, die vor lauter Sorge schon die

Gefahren der Straße auf sich nehmen wollten, um ihren Sohn oder zumindest seinen leblosen Körper wiederzufinden.

Was die Polizisten angeht, so waren sie, wie immer in diesem Land, damit beschäftigt, ihrem Beruf nicht gerecht zu werden: ließen sich von Chauffeuren bezahlen, um diese vor Strafzetteln zu bewahren, knüppelten auf Leute ein, die, weil sie keine andere Möglichkeit hatten, ihr kleines Geschäft, ihre Überlebensschaluppe auf dem Bürgersteig einrichteten, belästigten Männer, indem sie von ihnen verlangten, zu beweisen, dass sie trotz Zöpfen oder Tattoos keine Verbrecher waren, verprügelten Studierende oder Arbeitende, die die Straßen blockierten, um ihr Recht auf ein besseres Leben einzufordern. Die Polizisten waren bei diesem Aufgabenkatalog hochmotiviert, verrichteten liebend gerne ihre Rowdy-Arbeit, verteidigten ihren Ruf als Henker vor den Kameras der Journalisten. In Heldenmanier würden ihre Fressen in den Medien landen. Von der Regierung erhielten sie Risikoprämien für ihren Beitrag bei der Aufrechterhaltung der öffentlichen Ordnung.

Das Ende dieser tödlichen Symphonie einläuten, die Martissant in Schach hielt, das wollte die Polizei nicht. Nur ein einziges Mal waren ein paar Polizisten aufgetaucht, die der Bevölkerung eine Überraschung machen wollten, und hatten gehofft, eine Episode des Desasters verhindern oder zumindest abmildern zu können; sie waren dabei draufgegangen, die Angestellten des Landes ohne Hut hatten mit ihrem Atem kurzen Prozess gemacht.

In solcher Atmosphäre konnte die Schule des Verbrechens natürlich nur Zulauf bekommen. Der Schrecken hatte sein Territorium erweitert. In allen Ecken sprossen schwarze Rosen. Die Lage war unerbittlich. Diesen zerschundenen Himmel erklimmen, zu den Waffen greifen, um Teil derer zu werden, die über die Farbe des Lebens in der Stadt entschieden, oder das Risiko eingehen, zu ihrem Versuchskaninchen zu werden, mit Aussicht auf einen Pass in den Staub der Ewigkeit überleben: Wollte man die eigene Haut vor dem Würgegriff retten, musste so oder so eine Entscheidung getroffen, so oder so ein anderer Weg eingeschlagen werden, auf dem die eigenen Adern vom Klingenfeld ferngehalten werden konnten.

Das war das düstere Tal, in dem sich seine Kindheit abspielte.

Er lebte bei der Mutter und hatte sonst niemanden, an den er sich hätte klammern können, keine anderen Arme, in die er sich vor den Wechselfällen des Lebens hätte flüchten können. Sie war auch Vaterersatz, wenn er einen brauchte. Denn in den frühen Jahren ihrer Jugend hatte ein Dreckskerl es nicht für nötig befunden, umzukehren – Tschuldigung, dafür war er anscheinend nicht gekommen, vielmehr war er, bevor er sich davonmachte, nur gekommen –, er war also nicht zurückgekommen, nachdem er, ohne sie nach ihrer Meinung zu fragen, sein Sperma in sie hineingegossen hatte.

Er hatte einen Namen, der bedeutungslos gewesen war vor dieser Nacht, in der alles auf den Kopf gestellt werden sollte, in dieser Nacht, in der er das Unwahrscheinliche erleben sollte. Welche Bedeutung hat hier überhaupt ein Name, wenn nicht die Straße ihm eine verleiht? Also taufte er sich auf den Namen Metall-Engel. Das war ein mutiger, sogleich auf dem rechten Bizeps verewigter Name. Der kleine Mann ward verwandelt in einen Drachen, an einem Abend, an dem er nicht weiter in seiner alten Haut leben konnte, nachdem er erzwungenermaßen Zeuge eines unerhört heftigen Ereignisses geworden war: Seine Mutter wurde erst verprügelt und dann von Banditen erschossen, die sauer darüber waren, dass sie in ihrer Handtasche so wenig gefunden hatten.

Der Aufprall des Kalibers an der Schläfe der Frau zermarterte sein Gedächtnis. Er bekam das Bild nicht gelöscht, musste wiederum versuchen, das Lächeln seiner Mutter, dessen Fehlen bereits allzu schwer wog, zu rekonstruieren. Ein Lächeln, das trotz des fahlen Lichts der Jahreszeiten intakt wie das einer Familie auf einem Sommerurlaubsfoto wirken konnte. Er hatte viel Wasser aus seinen Augen vergossen, doch selbst die Meere hatten den Horizont seines Kummers nicht durchbrechen können. Das Chaos hatte die Bühne seines Geistes in Beschlag genommen.

Mit seinen fünfzehn Jahren hatte der Junge sich wie irre und mit aller Vergeblichkeit abgemüht, nicht zu dem zu werden, den die Straße anschließend und im Wissen um den Vorfall absegnen würde: zum Metall-Engel. Vom Schlaf hatte er sich in jener Nacht einen Korb geben lassen. Und war am Morgen darauf buchstabengetreu dem Ruf gefolgt, hatte sich der Straße anvertraut und die Arterien eines Viertels geöffnet, das sich nicht allzu lang bitten ließ, ihm die Schlüssel zu seinem kriminellen Leben auszuhändigen.

Keine zwei Tage waren vergangen, da erfüllte der Metall-Engel schon den Kern seiner Prophezeiung und hatte bereits das Geschäft seines Lebens – beziehungsweise seines Todes – in der Hand. Die Verwandten, die den Jungen, der das Begräbnis seiner Mutter durch seine Abwesenheit gebrandmarkt hatte, aus der Gefahrenzone zurückholen wollten, kamen zu spät.

Lärm, Gewalt, Wut, Angst, Armut, Flucht, Verzweiflung, Tränen, Gräuel, Abgrund, Blut, Schrecken, Tod und Geschrei, das Unheil hatte wirklich zugeschlagen. Dann vergingen die Jahre und brachten ein wenig Ruhe ins Herz der einst aufrührerischen Gegend. Immerhin hatte der Tod eine recht anschauliche Ernte an Menschenköpfen eingefahren. Einige der Einwohner von Martissant hatten aufgehört, welche zu sein, hatten das, was von ihrem Leben übrig war, in andere Stadtteile verfrachtet. Andere hatten die Dinge so gedreht, dass sie das nötige Geld zusammenbekamen, um die Wolken in großen Blechvögeln durchfliegen und sich außerhalb der Insel ein besseres Leben aufbauen zu können. Zurück blieb eine Handvoll Menschen, von Leere und Trostlosigkeit bezwungen.

Du wirst ... Du wirst allein sein.

Du wirst allein sein in der großen Nacht.

Mit seinen zwanzig Jahren entschloss sich der Metall-Engel, das unter seinen Tritten müde gewordene Pflaster zu verlassen und sich in der Cité de Dieu niederzulassen. Zufall oder Berechnung – es fiel genau in die Zeit, in der das ehemalige Oberhaupt der Cité sich vom Acker gemacht hatte. Dem Märchen vom gebenden Mund und dem empfangenden Ohr zufolge hatte dieser sich mit seiner geliebten Beretta eine Kugel ins Gehirn gejagt, eines Kindes wegen, das seine Frau gerade auf einer Krankenhauspritsche warf ...

Mein liebes Mondmädchen,

ich denke an den Tag zurück, an dem unsere Körper im Kirchenklo entflammten, während eine traurige Menschenmenge Deinem Vater ein Requiem widmete. Wir waren zwei in einem einzigen Atemzug vereinte Wesen. Wir waren ein einziger Blutstrom, Du und ich, waren das Gedächtnis eines Landes, eine Kugel und ein Körper in der Nacht von Port-au-Prince. Durch Deine Prismen hindurch habe ich die Wölbungen des großen Traums und die Kniffe des Menschenzaubers kennengelernt. Und habe jenseits aller Durchstreichungen die Bewegungen der einzigen zu Recht so genannten Wahrheit erlebt: was es heißt, in die andere einzugehen.

Nun steht die Zeit der Trümmer, die Herrschaft der Asche an: Zerfallen sind unsere inneren Städte, eingestürzt die Türme unseres liebevollen Herumtollens. Die Trennung stürmt unerbittlich auf uns ein, macht unsere Herzen vollständig träge. Das Feuer redet, der Rauch zieht fort, in meiner Seele herrscht klirrendkalte Stille, wenn Du Dich an einem Donnerstag an die kaputten Straßen Amerikas klammerst, wenn Du eines Tages schließlich die Schwere Deines abgewandten Rückens in den undeutlichen Linien meiner Augen zurücklässt. Von nun an erheben sich zwischen uns allzu viele Hügel, türmen sich zwischen unseren Blicken allzu viele Ruinen auf. Die Leere findet ihr Lied im Schaum der Entfernung.

In Deinem Fortgehen sehe ich eine Stadt verlöschen, sehe meine Nomadensprache und meine umherirrenden Schritte im Schatten Deiner Haut zerfallen. Und verliere jede Lust, herumzuziehen. Ich mache mich auf die Suche nach den Verläufen Deines Azurs. War es nicht hier, wo der Stern blühte, war es nicht da, wo sich der Chor bildete? Ich denke zurück an Deinen Blick, Dein Lächeln und unsere miteinander verflochtenen Hände, um von der Offensichtlichkeit eines die Wolken zurückpfeifenden Himmels zu sprechen, ich erinnere mich an diesen kalten Tag des Requiems für Deinen Vater, an unsere Feuerpfade in den vier Wänden des Kirchenklos, unseren Spuckeschmuggel, den die Engel bestimmt gerne verewigt hätten … Jetzt bist Du fort, und ich sehe die ganze Alchemie durch Deinen Körper ziehen. Ich sehe die mit Gift und Galle überzogenen Jahreszeiten kommen und gehen, sie weinen um die Abwesenheit Deines Mundes, Deines Körpers. Und ich kurzhändiges Metall sehe das Licht in der Ferne versickern.

Der Metall-Engel ist ein Wegelagerer. Sein Ruf hat damit zu tun, dass er sein Ziel nie verfehlt, keine einzige Patrone vergeudet und damit seinem Namen alle Ehre macht. Er ist nicht der Typ, der vor einer Tat zurückschreckt, mag sie noch so verrückt und grausam sein. Er ist immer bereit, alles dafür zu tun, zu beweisen – und sei es auch nur sich selbst –, dass er nicht im Allerweltsbereich der Sterblichen unterwegs ist. Wo es ihm noch an Macht fehlt, da zögert man nicht, sie ihm zu geben. Das kann durchaus über den Himmel der Abzugshebel hinausführen und metaphysisch wirkende Züge annehmen. Seit seiner Ankunft in Cité de Dieu wird er zum Beispiel immer wieder mit dem früheren Chef des Viertels verglichen, ja, das Märchen vom gebenden Mund und dem empfangenden Ohr geht sogar so weit, zu behaupten, er sei dessen Reinkarnation. Die Abwesenden, so heißt es, haben immer Unrecht; der Mann hätte nicht gehen sollen, denn heute könnten wir seine Stärke an der des aktuellen Anführers messen. Der Vorgänger des Metall-Engels hatte, um einem Kind zu entkommen, das er – ohne genau zu wissen, warum – nicht wollte, am Tag der Entbindung in aller Öffentlichkeit seinen eigenen Schädel einer Beretta geopfert, und eine Stunde später hatte man seinen angeblich leblosen Leib hinfort ziehen, sich als Rauch am Horizont verlieren sehen. Wie alle anderen Menschen hatte wahrscheinlich auch die Mutter von der Geschichte gehört, der Sache aber nicht weiter nachgehen wollen, weil sie ihr Leben nicht mit den Angelegenheiten der Toten zu verquicken pflegte. Alles, was sie ihrem Kind gegenüber verlautbart, ist *Wenn nur dein Vater hier wäre ...*, egal, was die Leute von sich geben. In diesem Land ist alles gleichermaßen wahr und falsch, es kommt auf den Mund an, der gibt, und hängt vom Ohr ab, das empfängt. Hat es diesen Mann wirklich gegeben, hat er wirklich Selbstmord begangen, ist er wirklich zurückgekehrt, um im Körper des Metall-Engels fortzuleben? Das Märchen wandelt sich mit jedem Tag, doch niemand kann eine Verbindung zu irgendeiner Wahrheit herstellen.

Den Metall-Engel interessiert diese Geschichte, die ihn in den Mittelpunkt stellt, nicht weiter, er hat nichts zu verlieren. Im Gegenteil, im Viertel bringt ihm das ein noch weitaus gefürchteteres Image ein. Wenn er hört, er sei die Reinkarnation eines anderen Menschen, flappst er herum, welcher Mensch überhaupt in der Lage wäre, seinen Körper zu übernehmen, ohne von ihm umgelegt zu werden ...

Kurzum, seine Welt besteht daraus, Körper vom Atembaum herunterplumpsen zu lassen. Da er zu allem fähig ist, muss nicht betont werden, wie oft der Metall-Engel für Drecksarbeiten angeheuert wird.

Ein gewisses Bürgersöhnchen wird von der Polizei angehalten, weil es in seinem Auto Marihuana raucht und dabei David-Guetta-Melodien plärrt, um den Mädels, die mit von der Partie sind, zu zeigen, dass er cool ist – das bringt ihm zwei Tage Polizeigewahrsam ein; nach der Freilassung verlangt der Vater, der Polizist möge seine letzte Lektion erteilt bekommen.

Der Besitzer eines großen Unternehmens kommt vorbei – und kündigt sich zur Vorwarnung telefonisch an, weil die Söldner des Chefs es sonst missverstehen, wenn er mit seinem neuesten Toyota den Bauch des Ortes aufschlitzt. Er will, dass man den Sohn seines Konkurrenten entführt und ein dermaßen hohes Lösegeld verlangt, dass der Mann danach nur noch den Bankrott seines Unternehmens abwarten kann.

Ein mittelmäßiger Parlamentskandidat taucht auf, um Stimmen einzuhandeln.

Ein Gör will eine richtige Pistole erwerben.

Na klar, für Kids gibt's die umsonst!

Minister und Generaldirektoren kommen immer wieder, um abzurechnen, um jemanden endgültig ruhigstellen zu lassen. Wenn die offiziellen Panzerwagen ins Viertel einfahren, sollte man nicht davon ausgehen, dass sie sich um unser Los scheren. Der Präsident der Republik höchstpersönlich kann hier landen, wenn er den reibungslosen Ablauf eines blutigen Falls sicherstellen will. Beim Metall-Engel regnet es Gäste. Weil er auf alle blutrünstigen Wünsche immer eine Antwort weiß.

Keine Gaze auf die Schnittwunden.

Kein Leinentuch für Wunden, selbst wenn sie reif sind.

Ein seltsames Gefühl verschlingt mich. Granaten zerspringen in meinem Hals. Ich breche Worte hervor. Spreche. Und spreche. So allein, wie ich in meiner Nacht bin, sehne ich mich danach, zu besiegen, was mir auf den Fersen ist, einen Satz, der mir ein furchteinflößendes Schicksal zurechtzunähen bestimmt ist. *Du wirst ...*

Seit meine Liebe zerbröckelt ist, begleitet meinen Körper ein trauriges Lied.

Ich spreche zu mir selbst und meine Worte gelangen bis zu Silence, dieser quälenden Abwesenheit, ich spreche, und es ist mein Schrei, mein allerletzter Atem, der mich wie befreiende Musik aufrechthält in meiner Wut. Und so erzähle ich mich in die Leere hinein. Ohne mir anzumaßen, den unbeschriebenen Stimmen der Welt ihren Schrei auszuhändigen. Ohne die Anmaßung von Tinte, die ihr Unwesen auf unversehrter Seite treibt. Es ist so leicht und womöglich auch völlig bedeutungslos, in Abwesenheit zu sprechen. Aber nichts Wertvolles findet sich im Wort, das nur zum Füllen da ist: zum Ohren füllen, Seiten füllen, dazu, andere Münder, andere Stimmen zu füllen. Worte stürzen sich gerne in die Leere, also gilt es, Leere zu schaffen und die Worte fließen zu lassen. Jedes Maul, das spricht, ist eine Geschichte, und meine ist alles andere als einzigartig. Mein Leben ist eine ganze Ladung Verzweiflung, die ich zu ertragen verurteilt bin. Wenn ich spreche, dann nur, um mir meinen Weg freizuschaufeln, um mir das Gehen zu erleichtern. Ich spreche zu mir selbst und habe das Gefühl, meinen Gesang zum Himmel hin zu stoßen, damit mir die Sterne ins Gesicht prasseln.

Du wirst ... Du wirst allein sein.

Du wirst allein sein in der Nacht. Du wirst allein sein in der großen Nacht.

Hier bin ich, eine Abgrundserzählung auf der Suche nach einem Asyl am Ende der Buchstaben. Ein Wort wohnt in mir, wie ein Blutgerinnsel, das mir beim Sterben hilft, beim stillen Sterben, im zerschnittenen Echo der Blitze. Ich spucke, aber die Worte finden keinen Ort, in den sie hinabfallen könnten. Meine Stimme wird zur Grabessymphonie, zu einem Gesang, der die Sahara in den Schlaf wiegt. Beim Anblick meines Gesichts begreift das Leben, was Blässe bedeutet. Hier bin ich, verstümmelte Blume auf der Suche nach einer Zuflucht in finsterer Erde. Und was habe ich inmitten dieses überfließenden Wortbachs, dieser meine Sprachgrenzen sprengenden Buchstabenflut noch auszuspucken? Ein Alphabet aus Vulkanen, aus roten Wörtern, aus Wörtern, die durch das Feuer der Gewalt verletzt wurden.

Ich spüre mein Herz langsam ins Nichts kippen. Doch eine Zigarette richtet mich wieder auf. Ich nehme einen Zug, dann habe ich im Handumdrehen eine ganze Stange aufgeraucht. Ich rauche seit einiger Zeit und habe von Anfang an gespürt, dass das auf eine ewige Sache hinauslaufen würde, dass dieser Pakt zwischen zwei Fingern und den Lippen, in ihrer Absicht, dem Horizont Wolken zu liefern, ein unendlicher Weg ist. So viel ist klar: Das Problem einer gierigen Lunge, die nicht einmal wusste, dass sie gierig war, bis sie in den zärtlichen Genuss des ersten Zugs kam, kann ein Zug allein nicht lösen. Das Gefühl, das man verspürt, wenn man die Lippen auf einen Joint oder eine Zigarette presst, hat keinen anderen Ausweg als den, diesen ewig zu verlängern.

Die Ärzte können noch so sehr damit drohen, dass bei Leuten, die rauchen, krebserregendes Schicksal boomt, nichts hält das Rauchen auf, nichts kann es aufhalten, es setzt sich durch und bricht mit allergrößter Leichtigkeit jeden Argumentationsschwall nieder. Rauchen ist Ewigkeit. Und deshalb kommt, wenn man mit dem Rauchen aufhört, oder besser gesagt, wenn man glaubt, mit dem Rauchen aufzuhören, ein schrecklicher Mangel auf, eine riesige Leere, die nur durch die Gnade eines neuen Zugs gestopft werden kann. Niemals kann man sich nur auf eine einzige Zigarette verlassen, um dieses Verlangen abzutöten, dessen einzige Tugend darin besteht, das Leben selbst zu durchdringen.

Auf einem alten Tisch sind alle Arten Feuerwaffen ausgebreitet, in einer Schüssel, die wie alles andere drumherum extrem verdreckt ist, häufen sich Geldscheine, in einer anderen liegen Kugeln, außerdem sind da Telefone und Computer, auf dem Boden eine alte Matratze, dann Bierflaschen, Zigarettenstummel, am Eingang ein Wächter mit langem Gewehr. Es ist dunkel und sehr heiß. Für jemanden, der solche Paläste nicht gewöhnt ist, herrscht hier dicke Luft. Ich befinde mich im Bedingungszimmer, im Büro des Metall-Engels. Ich bin gekommen, um ein Paket von Papa auszuhändigen, und der Metall-Engel lässt mich warten, empfängt noch einen Kunden, um dann das Paket überprüfen zu können.

Da zieht der Boss ein derartiges Gesicht, dass ich mich frage, wie der Mann überhaupt mit ihm ins Geschäft kommen soll. Zu gerne würde der Metall-Engel die Kladde mit den lobenden Kommentaren über seine Angestellten aufschlagen, die angeheftete Betragensliste mit den vielen Auszeichnungen herumreichen, die unter anderem die einzigartigen bestialischen Eigenschaften des vortrefflichen Papas preisen und anmerken, einer der Schützlinge sei gut darin, menschliche Atmung abzuschalten, ein anderer der Barmherzigkeit gegenüber unempfänglich und bei Gräueltaten zu allem fähig.

Doch der Gast kommt ihm von Anfang an zuvor. Der Gast wiegt schwer genug, um sagen zu können, was er will. Ein Scheck über fünfhunderttausend Gourdes lässt keine Diskussion zu. Ich tauche nicht bei dir auf, um dann jemand anders beauftragen zu müssen, ich renne nicht dem Boss hinterher, um bei seinen Söldnern vorsprechen zu müssen, ich brauche für die Erfüllung meines Wunsches deine Hand. Der Minister für Bossale-Angelegenheiten übergibt selbst das Datenblatt des zu beseitigenden Ziels und lässt dann seine Stimme schweigen, weil er nichts mehr hinzuzufügen hat, um verstanden zu werden: Er will diesen Mann aus dem Weg räumen, der ihm seinen Job abspenstig zu machen droht, so oft wie sein Name bereits in der Kabinettssitzung gefallen ist!

Die Karten liegen auf dem Tisch, der Boss macht sich an die Arbeit, sucht nach einer Eingebung, wie er die Arbeit elegant über die Bühne bringen kann, kommt schnell drauf und ist zufrieden. Beim Gedanken daran muss er schmunzeln und ärgert sich, dass er sich bis zum Verschwinden der Nacht gedulden muss, um losziehen und seine neue Beute um die Ecke bringen zu können. Er beginnt sich zu langweilen und versucht, die Zeit totzuschlagen, indem er den einzigen Gegenstand liebkost, der seiner Meinung nach sein Vertrauen und seinen Respekt verdient, den einzigen Gegenstand, der ihm ein Lebensgefährte ist: ein 9-mm-Kaliber, auf das er vor kurzem den Anfangsbuchstaben seines Namens eingraviert hat.

Anscheinend hat er mich vergessen, also strecke ich ihm den Beutel hin. Er prüft, ob es die richtige Ware ist, dann händigt er mir einen Zettel aus, der wohl am Päckchen hängen geblieben ist, und will wissen, ob ich Briefe an einen Geliebten schreibe. Nein, antworte ich, kein Geliebter ... Der Metall-Engel kehrt zu seiner Leidenschaft zurück, streicht mit wohlbekannter Hingabe und Geschicklichkeit über seine Waffe. Wie immer ist er bereit, alles zu seiner Titelverteidigung zu tun, ja, er will seinen Ruf als Blutrünstiger auf keinen Fall beschmutzen. Jeder Fehlschlag ist ausgeschlossen, er darf den frisch auf den Monsterkanal abonnierten Minister nicht enttäuschen ...

Liebes Mondmädchen (von meinem Mund so Bezeichnete),

ich zerfetze die ganze Erde, setze den gesamten Horizont in Bewegung und frage ihn aus, ich zertrümmere den ganzen Himmel, um Dein Gesicht herauszufischen. O liebes Mondmädchen – von meinem Mund so Bezeichnete, von meinem Mund, den das Licht schmückt, seit er Deinen Körper entlanggefahren ist –, ich will Dich in meinen Armen und inwendig halten, ich will Dich auf meinem Weg haben.

Du kamst mit dem Tag unter Deinen Flügeln daher, das ist alles, was du mir gelassen hast, und nun schreibe ich Dir, mit Unterstützung der zweifellos von Deinem Lebenssaft lebenden Sonne. Du kamst über die Hügel der Zärtlichkeit und das Leben kam über die Hügel Deiner Brüste daher, ach, Feuerstochter, ich rufe Dich an, verloren im Dornbusch der Leere, ich rufe nach Deinen Augen, die Nacht umgibt mich, es fehlen mir Deine Augen, um sie zu Tode ohrfeigen zu können. Ich brauche eine Fortsetzung unserer Berührungen. Du fehlst m

Silbe, dann Zittern.

Wort, dann Leere.

Satz, dann Streichung.

Brief, dann zerfetztes Papier.

Es fällt mir schwer, ein Stück Licht hinzukriegen.

Es hinkt, stolpert und zerbricht.

Schleier auf Scharte.

Als wäre die Nacht damit beschäftigt, die Knoten des Traums aufzudröseln, den ich seit langem auf Papier zu bringen versuche. Stunden vergehen, in denen ich den Worte-Himmel aufrühre, ohne in der Lage zu sein, Sterne davon herunterzuholen. Ich spüre die Nacht mit aller Kraft auf meinen Kopf sausen, sie kleckert auf das Blatt – Zufluchtsort weniger Worte nur –, lässt den Stift sinken und malt unaufhaltsam meine Augen nach ihrem Bild.

Der Gesang, der meine Brust anhebt, ist grau. Ich lasse mein Herz fallen und sinke gleich daneben auf den Teppich. In meinem

Rücken höre ich Morpheus' Stiefel, Verzweiflung, einen Windstoß in meinen Segeln, die mich forttreiben und ihn daran hindern, mich einzufangen. Das geht ein paar Minuten lang so. Aber nun ist mein Körper erschöpft, und mein Geist gibt schließlich dem Lärm der Bewusstlosigkeit nach.

Oh, wie sehr haben wir auf diesen Tag gewartet!

Seit Wochen ist alles durchgeplant. Die Papiere sind da. Ich habe einen Reisepass und ein Visum und all den anderen Kram, den Länder mit niedergeschlagener Menschlichkeit von jenen Herzen verlangen, die nur auf dem Boden klopfen wollen, den sie als den ihren betrachten. Die Stunde hat geschlagen, ich bin endlich auf dem Weg zu meinem Hoffnungspunkt, steuere auf meine Geliebte zu, segele zu meinem Mondmädchen. Auf dem Flughafen sehe ich mir tränenreiche Abschiede an, sich endlos hinziehende Umarmungen, Küsse. Solcher Kummer hallt in mir nach und verleiht mir eine Lust-Wut, die Schädel der Einwanderungsbehördenbeamten, die Schädel dieser Ödnis-Apostel auf ihrer Mission gegen die eines falschen Passes wegen flügelgestutzten Vögel einzuschlagen. Um diese üblen Geschichten aus meinem Kopf rauszubekommen, stelle ich mir vor, wie sich bald mein Herz öffnet. In wenigen Stunden, beim großen Wiedersehen, wird New York entflammen.

Im Flugzeug weinen Kinder, um Aufmerksamkeit zu erregen, sabbern und kotzen, wenn das Geplärre nicht erfolgreich war. Die Eltern heben, um sie zu beruhigen, die Stimme zu sehr. Männer müssen immer wieder pinkeln gehen, wobei ihnen alte Frauen in die Quere kommen, die mit der gleichen Langsamkeit vor sich hin marschieren wie sie ihre Zeigefinger in die Nasenlöcher schieben, junge Gymnasiasten verschlingen Erdnussbutter, der Geruch verklebt mir die Nase, die Stewards führen ihre jahrealte Choreographie wieder auf, reden wie Scheren, jeder ihrer Sätze eine Huldigung an die Symmetrie, das Wort »Sicherheitsgurt« ist die Perle ihres Wortschatzes, ich möchte, dass sie aufhören, uns wie Säuglinge zu behandeln ...

Ich schrecke aus dieser ätzenden Reise auf, diesem krassen Albtraum, den mir die Nacht beschert hat. Schnappe mühsam nach Luft und bedauere dann, nicht darin gefangen geblieben zu sein, weil ich weiß, dass meine Sehnsucht nach der Rückkehr zu meinem Mondmädchen mir dabei geholfen hätte, bis zum Ende durchzuhalten. Doch verdammt, es gibt kein Zurück, und ich schäume vor Wut.

In eben diesem Moment möchte ich die Morgenröte dazu einladen, sich auf meinem Kopf niederzulassen, mir die Augen für das Gesicht meiner Geliebten zu öffnen und mich in ein Asyl jenseits der Schatten zu schicken. Die Nacht aber ist lang, und was mir bleibt, ist eine Vögel-Symphonie, unterbrochen mal von Papas Stimme – oh ja, yeah, gut so? Gefällt dir das so? –, mal von Mamas Stimme – Ja, ja, los, schlag mich, oh ja, das ist gut! Dazu Schläge und Schreie ... Ich bin verwirrt und habe das Gefühl, in einen neuen Albtraum geraten zu sein. Ich lege meinen Kopf wieder auf die Schwelle der Stille, beschwöre einen letzten Tropfen Schlaf.

Bei Tagesanbruch redet man auf der Straße über das Allerneueste. Die Nachricht ist bereits in aller Munde: Der Ober-Chef ist gerade losgezogen. Das bedeutet zwangsläufig, dass Blut fließen wird. Die Luft stinkt nach Gefahr, der Tod steigt in die Nase, alle malen sich die Haufen von Leichen aus, die es geben wird, und suchen das Weite. Selbst einige seiner Söldner, die nichts von seinem Vorhaben wussten, machen sich vom Acker. Sie haben noch denjenigen vor Augen, den der Kommandant vor ungefähr einem Jahr auf der Hauptstraße der Stadt umgelegt hat, nachdem der ohne sein Wissen einen profitablen Raubüberfall durchgeführt hatte.

Man könnte sagen, dass die Bewegungen des Metall-Engels den Takt der Uhr vorgeben, er misst die Zeit, die ihm noch bleibt, um loszulegen, er ist geil danach, sich erneut am Abzugshebel zu schaffen zu machen. Seit einigen Tagen schon ist er nicht mehr draußen gewesen, hockt in seinem Reich, im Bedingungszimmer, und schickt andere auf Mission. Allerdings hat er eben beschlossen, heute auf die Straße zu gehen und auf keinen Fall mit leeren Händen zurückzukehren. Aus seinen Verstecken heraus kann das Viertel ihn jetzt nur von hinten sehen. Schon bringt ihn Papa auf dem Motorrad weg; sie brechen Richtung Turgeau auf, zur »Kasse für Bossale-Hilfe«, wo ihr nächstes Opfer ein horrendes Gehalt für eine Führungsposition erhält, ohne aber eigentlich zu arbeiten. Es ist nicht weit, die Uhr läuft ruhig vor sich hin, klettert passgenau weiter, gleich ist es so weit, das Büro wartet Schlag zehn Uhr ab, um zu öffnen. Das Schussziel wird im richtigen Moment auftauchen und dem Falschen in die Arme laufen.

Sie sind jetzt nur noch vierzig Meter vom Ziel entfernt. Auf dem Bürgersteig macht der Metall-Engel das Auto des Mannes aus, der liquidiert werden soll: Farbe, Marke, Nummernschild. Er bittet Papa, anzuhalten und auf ihn zu warten, bewegt sich allein auf das Fahrzeug zu, das er vor sich hin hüpfen sieht ... Befiehlt, die Autotür solle geöffnet werden, und droht, seine Waffe abzufeuern. Dann traut er seinen Augen nicht. Ultimative Ohrfeige ... Eine halbnackte Frau, deren Gesicht und womöglich auch Körper er nur allzu gut kennt – wenn man dem Märchen vom gebenden Mund und dem empfangenden Ohr Glauben schenkt –, steigt schweißgebadet aus dem Wagen; der nur halb sitzende Tanga spricht Bände von einem Körper, der gerade erst von einem anderen Körper zurückgekehrt ist.

Der Gesuchte indes steckt noch im Wagen, zieht sich in sein Schneckenhaus zurück, erwägt, den Blick zu senken, bleibt dabei aber wachsam, das schroffe Grinsen seines Henkers vor Augen, der ihn auffordert, zwischen Tod und Tod zu wählen. Er malt sich das Zerbersten der Scheibe und sein Blut auf dem Polster aus, schätzt die Entfernung des Steuers ab, für einen Fluchtversuch. Dann sieht er, völlig verdattert, den Metall-Engel mit der Frau davonziehen, denkt an seine nun zerstörte Karriere, an die durch seine Gier vertanen Möglichkeiten zum Dienst an seinem Land, und Schuldgefühl regt sich in ihm. Was habe ich getan, dass ich nun nicht tot bin, wieso hauen die bloß ab, ohne mich abzuknallen?

Der Killer hingegen interessiert sich nicht mehr für den Mann im Auto, hat eines viel heißeren Eisens wegen sein Ziel völlig aus den Augen verloren. Er erhebt seine Stimme, poltert gegen die Frau seines besten Söldners los, wirft ihr vor, zu indiskret und auch noch ungeschickt bei der Wahl der Kunden zu sein. Wie kannst du es wagen, hier zu operieren? Vor einem Regierungsbüro, am helllichten Tag und auf offener Straße, vor den Augen der ganzen Republik ...? Machst du dir überhaupt keine Gedanken? Und dann auch noch mit so einem Drecksack!

Der Boss dreht sich um und sieht jetzt, dass sein Ziel mit dem Auto auf und davon ist, was seine Wut anstachelt. Die richtet er gleich gegen die Frau. Du Schlampe hast es nicht verdient, zu leben! Der Metall-Engel verpasst ihr eine Ohrfeige und stößt sie Richtung Papa. Wie selbstverständlich wartet er darauf, dass der auf den Auslöser drückt, sie über den Haufen schießt. Papa, der bis dahin in Schweigen versunken war, tut so, als würde er zustimmen, bereitet sich auf die Exekution vor, lässt seiner zweiten Stimme keine Zeit, sich zu Wort zu melden, würgt die Worte seines inneren Lichts ab, die ganz bestimmt auf die Rechte des Individuums gepocht hätten, vom eigenen Körper nach Belieben Gebrauch zu machen, für Gerechtigkeit und Würde, für die Menschen- und Frauenrechte getrommelt und die Hand gehoben hätte.

Und während ein Tränenlied sein Herz überströmt, drückt er, um sein Image in den Augen des Chefs zu wahren, den Abzug. Es fallen drei schnelle Schüsse. Fleur d'Orange küsst den Boden.

Ein paar Augenblicke lang starrt der innerlich zerfressene Papa auf den Körper, der den Durst des Asphalts mit einem roten Klecks löscht. Eigentlich ist er wütend auf den Metall-Engel, weil er ihn gezwungen hat, seine Frau zu töten, wagt dieses Gefühl aber nicht auszusprechen. Das verstärkt einen Gedanken, den er schon lange wälzt: seinen Boss zu entthronen.

Er knirscht mit den Zähnen und startet das Motorrad ...

Eine Stunde nach dem Drama trifft die Nachricht in der Cité de Dieu ein und zertrümmert mich wie Streichhölzer Augen zertrümmern, verwandelt mich in entwehrten Beton, in dem Bomben ihrem Echo nachjagen. Ein beträchtliches Stück von mir löst sich auf, wie eine Faust sich vor dem Kampf öffnet. Nun bleibt mir nichts anderes mehr übrig, als die Leere aufzulecken. Das Leben nimmt mir keine Umarmungen, sondern einen Körper, ein Wesen, das mich nicht mehr liebhaben wird, selbst im Stillen nicht.

Du wirst ... Du wirst allein sein.

Du wirst allein sein in der Nacht.

Ich staple Schreie, bis mir die Kehle zuschnappt. An einen Vorhang aus Tränen geklemmt, verwandeln sie sich schließlich in Schluchzer. Die Trunkenheit einer fürchterlichen Erinnerung zieht auf dem Rand meines Glases heran, Angstgepolter an meiner Tür. Tragische Versprechen ewiger Spuren auf Papier. Ich weine um meine Mutter, Haut glüht, Schmerz schlägt von außen ein, und doch gibt es noch tausend Gründe mehr zu weinen, so viele andere Tränen, aus anderen Geschichten, so viele andere in verdrängten Erzählungen eingeschlossene Ströme. Da ist meine Mutter oder vielmehr die Geschichte, die sie in sich trägt, da sind die Arme meiner Großeltern, in denen sie gar nicht gelegen hat. Die Prekarität hat die beiden zwar nie im Stich gelassen, trotzdem begreife ich bis heute nicht, wie ihr Baby auf einem Müllhaufen landen konnte. Wäre nicht dieser Mann den Tieren zuvorgekommen, um sie in sein Waisenhaus zu bringen und dort aufwachsen zu lassen, meine Mutter wäre längst Staub gewesen und ich nie auf diese Welt gekommen.

Es kommt im Radio, wird von einer ziemlich blassen, in Sekundenschnelle für heikle Umstände, scheinehrliche Mitgefühlsmitteilungen und gefühlslose Beileidsbekundungen zurechtgezimmerten Stimme gemeldet. Es ist der Moment, der die meisten Hörer den Sender wechseln lässt. Es wird in die Zeitung kommen, in eine Seitennische, die kaum jemand liest. Eine vorformulierte Notiz, in der man nur die Leiche umbenennt und ein ausführliches Protokoll darüber hinzufügt, wie es zum Absturz kam. Eine Verwarnung für die Angehörigen des Opfers, das seinen Striptease unterbrechen musste, um in den Genuss der grausamen Berührung einer Kugel zu kommen, die voll in die Schläfe traf. Ein Appell an die Familie der Frau, die mit schiefsitzendem Tanga aufgefunden wurde, ersoffen im eigenen Blut. Ein Aufruf, die Leiche einzufordern, die womöglich schon längst in einem Leichenschauhaus eingefroren liegt, dem perversen Blick der Leichenbestatter ausgesetzt, diesen gerissenen Typen, die von den Toten zu leben nicht zögern.

Hinter den Kulissen des Viertels spricht alle Welt über das Ereignis. Das Lebenshorn hat den letzten Ton für die Dame gespielt. Tot ist sie, die Frau der Ruhestunden, die Frau, von der nie mehr als eine Grußfloskel, nicht einmal ein Lächeln kam. Tot ist sie, diese Tagesbesucherin, in deren Augen der Lärm der Nacht hauste. Niemand aber wagt es, Papa darauf anzusprechen, man weiß ja, dass er sich nicht viel um Tote schert, unsinnig findet er es, in einen Körper zu investieren, der vom Atem geschieden ist, ihm auf die Schnelle eine neue Bleibe zu besorgen, Unsummen hinzulegen für Klamotten und für ein Möbelstück, das etwas hermachen soll. Es ist Quatsch, etwas vom Leben abzuknapsen für eine Leiche, behauptet er. Lass sie allein verrotten und mach einen möglichst weiten Bogen um ihren Gestank.

Ich renne zum Tatort, im Versuch, einen letzten Blick auf das Gesicht meiner Mutter zu werfen – ich habe an ihr immer verschüttete Zärtlichkeit gewittert, unter diesem schwierigen Gesicht, das jetzt, da es das Jenseits erreicht hat, Sanftheit erlangt haben müsste. Ich halte meine Tränen zurück, damit sich keine Leute um mich scharen. Ein Mann in der Nähe erklärt mir, ein Bestattungsunternehmen sei gerade mit der Leiche davongefahren. Er sagt mir, wo ich sie finden kann, nur wenige hundert Meter von hier. Ich betrete das Leichenschauhaus, am Eingang sind drei

Frauen damit befasst, das Tor zu schließen. Unter ihren Brillen, die so schwarz sind wie ein Leichenwagen, sind ihre Gesichter zu sehen, wie das allerälteste Grab des Friedhofs von Port-au-Prince. Mir ist nicht klar, ob sie sich schweigsam zeigen, um mich zu begrüßen und mir zuzuhören, oder mit mir verfahren werden wie mit den Toten, mir den Hals zudrücken, den Menschen gleich, die zwischen Leben und Tod entlangwandeln und dann das Pech haben, hier zu landen. Ich wage es, sie anzusprechen. Ach du kleines Ding, es tut uns leid, bedauert eine von ihnen, ohne zu dick auftragen zu wollen, wir wissen ja, deine Mutter war nicht einfach. Sieh mal, sie ist gekommen, um für Durcheinander zu sorgen. Eigentlich sollten wir gar nicht mir dir reden, ja, fragen uns, womit du uns nun wiederum kommst, sagt man nicht so schön, die Tochter einer Tigerin ist eine Tigerin? Weißt du, Kleine, wir sind hier seit zwanzig Jahren tätig und tun das, was manche Menschen fürchten und schlechtreden, dabei tragen wir nur Sorge dafür, dass sie nicht als Aas enden. Seit zwanzig Jahren helfen wir Körpern bei ihrem Kampf gegen den Gestank, der Tod ist unser Ding, er liegt uns im Blut, jede hat ihre Leidenschaft, ja, wir verdienen damit auch unseren Lebensunterhalt, aber in erster Linie machen wir es aus Liebe, und wenn es etwas gibt, was uns freudig stimmt, dann ist es, Leichen zu beglücken, sie zu pflegen, wie es sich gehört, damit sie nicht mit klebrigem Po an die Paradiespforte klopfen, das machen wir seit zwanzig Jahren und sind auf diesem Gebiet höchst bewandert, es ist, als wären wir geboren worden, um das Gelände des Todes zu beackern, wir haben alles gesehen, Gewerkschafter, die von jungen Leuten mit illegalen, von der Regierung zur Verfügung gestellten Waffen getötet wurden, Frauen, die auf offener Straße von ihren Partnern niedergeknüppelt und Kinder, die erschossen wurden, weil ihre Eltern kein Geld für die Auslöse der Entführer hatten, Leute, die es wagten, sich auf den Boulevard Bicentenaire zu begeben, aufrührerische Studenten, Arbeiter, die sich gewerkschaftlich organisieren wollten, Typen, die nichts weiter getan haben, als der Polizei mit ihren Dreadlocks gegenüber zu stehen, Fußgänger, die in einer Stadt ohne Zebrastreifen zuhause, und Fahrer, die auf einer Straße ohne Straßenverkehrsordnung unterwegs waren, in einem Land, in dem das einzige Verkehrsdelikt darin besteht, den Polizisten nicht geschmiert zu haben. Menschen, die versuchen, außerhalb der heterosexuellen Gesellschaft zu leben oder zu denken, Menschen, die glaubten, man könne der Politik ein wenig Würde beibringen, Patienten, die der fehlenden Infrastruktur wegen zu lange vor dem Krankenhaus ausharren mussten, kurzum, hier sind alle Arten von Leichen defiliert, sie kommen durch dieses Tor herein und verlassen uns niemals freiwillig – geh ruhig und frag sie selber –, sie gehen nur, um die große Familie des Baron Samedi noch weiter zu vergrößern, so einen Fall haben wir noch nie gehabt. Deine Mutter ist tatsächlich die Allererste, die hier auftaucht und unsere Arbeit in Frage stellt. Was wird die Stadt jetzt sagen? Dass wir inkompetent sind, nicht mit Toten umgehen können? Mal ganz ehrlich! Deine Mutter hat sie echt nicht mehr alle, wie kann sie uns das antun! Wir haben wirklich um sie gekämpft, wenn nur unser Krankenwagenfahrer hier wäre, er könnte berichten, was alles passiert ist, wie er sich mit den Angestellten in anderen Leichenhallen fetzen musste, um an sie ranzukommen. Als der Leichnam eintrudelte, sind wir von seiner Echtheit ausgegangen, waren überglücklich, ihn willkommen heißen zu können, schließlich ist das unser Job, wir pflegen die Toten, um zu leben, das sagte ich ja gerade, also haben wir uns sofort um den Körper deiner Mutter gekümmert, nicht ohne einen Hauch von Vergnügen. Sie hatte himmelschreiend tolle Brüste, eine wundervolle Hüfte, Beine, die den Anschein machten, es würde es ihnen beim Öffnen nie an Elastizität fehlen, kurz und gut, einen Körper, der mehr als alles andere unsere Expertise verlangte. Wir haben sie wirklich gründlich gereinigt und sind dann nach vollbrachter Arbeit kurz ein wenig an die frische Luft raus, als im Gebäude ein heftiger Wind anhob. Wir erzählen dir das jetzt mal, Kleine, du warst ja nicht dabei. Das muss man selbst erlebt haben. Der Wind war so stark, dass man den Eindruck hatte, alle Wirbelstürme der Welt hielten eine Konferenz ab, als ob der Gott, den das Märchen vom gebenden Mund und dem empfangenden Ohr auf seinem Thron jenseits der Wolken sitzen lässt, einen Riesenfurz hätte fahren lassen, um mit dieser Erde, von der es heißt, sie sei sein Werk, Schluss zu machen. Wir hatten gerade noch Zeit, uns an diesem schmiedeeisernen Gitter festzuhalten. Alles flog in alle Richtungen: Stühle wirbelten an die Decke, Schreibtische kippten um, Fensterscheiben zerbarsten, Särge hoben in die Luft ab, um uns auf den Kopf zu krachen, der Raum schwankte, wie es im Schädel des Präsidenten schwankt, wenn das Volk auf die Straße geht, um seinen Unmut zu äußern. Diese Apokalypse hat gerade einmal fünfzehn Sekunden angehalten, aber ausgereicht, um uns niederzuwalzen. Verschwitzt haben wir uns daran gemacht, den Schaden zu bemessen und über die Höllenarbeit des Aufräumens nachzudenken, als aber totale Finsternis über die Leichenhalle kam. Da sind wir erstmal richtig ausgeflippt, dachten, das war's, das Ende der Welt ist gekommen, doch zehn Sekunden später war das Licht wieder da und alle Dinge rückten an ihren Platz zurück. Wir trauten unseren Augen nicht, fühlten uns wie gefangen in einem schlechten Traum. Wir fingen an nachzusehen, ob auch alles real war, ob wirklich alles wieder an seinem Platz war, ich sagte die Namen oder die Beschreibung der Leichen auf, und meine Kolleginnen prüften, ob sie da waren, da fiel uns auf, dass alle beisammen waren, bis auf deine Mutter. Sie hat uns echt richtig reingelegt, du kannst dir gar nicht vorstellen, was sie uns da eingebrockt hat, sie geht, ohne auch nur einen Abend mit uns hier zu verbringen …

Ein Körper, der diesen Raum betritt, findet nie wieder heraus, es sei denn, um auf den Friedhof zu kommen. Ich schwöre dir, dass wir alles dafür tun, dieses Prinzip einzuhalten … Es ist das erste Mal, dass uns so etwas passiert. Das Märchen vom gebenden Mund und dem empfangenden Ohr besagt, dass es schon einmal zu diesem Phänomen gekommen ist, nicht weit von hier, in einer Siedlung, aber mit eigenen Augen haben wir so ein Mysterium noch nie gesehen, das war wirklich das allererste Mal. Und deswegen sind wir gerade dabei, zu schließen. Völlig klar, dass man keine Leichenhalle schließt, nicht in einer Stadt wie der unseren, in der der Tod immer doppelt zulangt. Doch nichts zu machen, bevor wir die Arbeit wieder aufnehmen, muss Ordnung in die Bude kommen.

Los, schiebt das Tor auf, ruft die Frau ihren Kolleginnen zu. Wiedersehen, Kleine, wir ziehen mal los. Heute Abend geht's zu

Baron Samedi, dem Wächter sämtlicher Todesdörfer aller Städte der Welt, vielleicht kann er uns aufklären ...

Nachdem ich mir niedergeschlagenen Herzens diese schräge, schrille Geschichte habe anhören müssen, tappe ich wie ausgelaugt zurück. Es wird also keine Beerdigung geben, keine Aufbahrung, keinen letzten Anblick. Ich werde zwischen Zeitläufen und stummem Gemäuer um meine Mutter trauern.

Du wirst allein sein in der großen Nacht. Da hallt es wieder.

Die Nacht stinkt nach Ödnis. Riecht wie eine Leiche, die ihr Bad noch nicht genommen hat, nach ausgeträumtem Traum. Ich stoße auf einen Schützengraben voller Erinnerungen, falle erfolglos über den Schlaf her. Manchmal kennt die Nacht keine Gnade, haust in uns, um den Frieden zu verbannen und die Tür der Träume zu belagern. Ödnis und Leere nehmen den Geist ein. Somit gibt es keinen Traum mehr, der nicht aus Schrecken gewebt wäre.

Da bin ich, von Schlägen gebeutelt, die Stirn von Angstspeeren durchsiebt, ein sinkendes Schiff zieht mich hinter sich her. Das Jenseits singt und singt immer fort, noch jenseits meines Abflug-Geschreis, ein schweres Requiem, das an der Mündung meiner Tage die Traumränder längs aufs Leben einhämmert. Ich verrühre meinen Himmel im Staub, trinke aus dem Fluss des Taumels.

Seit Silence weg ist, verfüge ich über kein Körperteil mehr, mit dem ich überhaupt noch in die Kulissen der Liebe kriechen könnte, ich wälze mich durch meine finstere Masse Einsamkeit. Mein Herzpochen wird zu diesem trockenen, mit Wüsten wetteifernden Geräusch. Das Weib ohne Wunder, also ich, plackt sich mit einem Stück Leben ab, das sie eigentlich nicht haben will. Ich zittere unter der Last eines feuchten Auges um die Abwesenheit einer Geliebten, die mein Körper für die Dauer eines Tags erkannt hat. Und wenn mein Gesicht manchmal der Traurigkeit trotzt, bin ich in Wahrheit doch eine Seele, die sich durch die Finsternis kämpft, ein Mädchen, das allein vor sich hin schippert, mit allerlei Hügeln im Kopf, aber ohne Leiter, mit der diese zu erklimmen wären, wie ein Geschmack nach Absturz, und es wird Zeit brauchen, meine Lumpen zu glätten und meine Brüche zu flicken.

Silence ist ein unvergleichbarer Punkt am Horizont meines Lebens. In ihr habe ich, für die Dauer einer Reise ins Land unserer lustbrennenden Körper, ein Herz, dem ich meine Maßlosigkeit anvertrauen konnte, einen anderen Menschen gespürt, an dessen

Seite ich etwas mit meiner Verrücktheit anfangen konnte. Ein Mädchen, das ich liebe, ohne dass mir etwas anderes übrigbliebe. Und nun ist dieser Teil des Lichts verschwunden, und alles, was von mir übrig ist, ist ein Keller voller bitterer Worte, ein Strom schmuddeliger Sätze. Schon zieht mein Mondmädchen von dannen, mein Herzensspiegel. Und alles, was von meinem inneren Gesang übrigbleibt, ist ein Haufen Metaphern, verklebt mit ausgewaschenen Bildern, ein Kummergedicht. Weder der Sand aller Meere, noch der Weizen aus China, noch die als Bombendepots dienenden Menschenkörper in Syrien, noch die Mäuler, denen es an Brot fehlt, noch die Flüchtlinge, die mit dem Skalpell der Grenzen verstümmelt werden, noch die Kugeln, die in Port-au-Prince die Musik spielen, noch die Leichen von Titanyen, nichts in der Welt kommt dem Schaden gleich, der mir durch die Abwesenheit meiner Eintagsgeliebten entstanden ist …

Der Mann ist in einem Gesicht aus schockerstarrtem Stein gefangen. Abgehalftert wie ein von Abwesenheit erzählender Sessel. Sein Kopf, ein Wink mit dem Zaunpfahl an die Pleitekokser, erinnert an einen dieser abgeholzten Hügel auf dem Land, die sich zwischen Sonnenhieben und Regengüssen abstrampeln. Sein Gesicht, Landkarte der Leere, ist einer schlecht hergerichteten Leiche würdig. Bündel aus Nichts auf Beinen. Dennoch haben seine Gesten eher etwas von einem aufgeweckten Wesen. Er wirft sich auf die Straße und verpasst der Nonchalance eine ordentliche Watsche. Seine Schritte zeigen, mit welcher Wucht Gier eine ganze Welt verschlingen kann. Obwohl er offensichtlich gar nicht weiß, wonach er zu suchen hat, wahrscheinlich braucht er auch gar nichts. Die Beine versuchen sich an einem aufrührerischen Walzer, und er zieht mit einem derartigen Schwung los, dass es eine ganze Kathedrale aus den Angeln heben könnte. Im Grunde aber unterscheidet ihn nichts von einem Baum, der im Schnee seine Blätter gelassen hat.

Ruinen-Bagage. Dieser Mann hat kein historisches Gewicht, das die Annalen verletzen könnte, nichts an ihm ließe Seiten füllen, nichts von ihm könnte eine Spur hinterlassen, er gehört nicht einmal in die Randbemerkungen. Ein ordentlicher Politiker aus einem verrotteten Jahrhundert in einem namenslosen kleinen Land. Kein Gedicht wird ihn nennen, erwähnen, diesen nichtssagenden Haufen retten können, diesen Körper, der seine Stimme dem Chor aus menschlichen Hilferufen gegenüber immer verleugnet hat.

Ohne jeden Zweifel hat er gerade einem inneren Aufruhr Zunder gegeben. Jedenfalls gibt es keine Erklärung dafür, dass er zu laufen und zu plärren beginnt wie ein Lautsprecher, der die Urheberschaft über die Dezibel für sich beansprucht. Niemand da, der ihn aufhielte, weil niemand will, dass ein Vorhang vor diesem Spektakel fällt. Jede Geste ein Kratzer auf dem Rücken der Ruhe. Der Mann schleudert die Schlüssel seines Dienstwagens fort, dessen Scheiben er gerade bei sich zuhause eingeschlagen hat, um seine Wut abzulassen. Seinem Gang nach zu urteilen, hat er es darauf angelegt, die Luft zu durchwalken. Unmöglich nachzuvollziehen, was ihn in diesen Zustand versetzt. Mit den Drogen hat er aufgehört. Nach dem Skandal – während einer offiziellen Zeremonie bei der Präsidentschaftsfeier war ihm ein Päckchen aus der Jacke geplumpst – hatte er dem Metall-Engel erklärt, er werde ihm zwar weiterhin Geld geben, aber weder Koks noch Cannabis dafür haben wollen.

Der Politiker, dessen Arsch auf alle Stühle passt, scheint in eine neue Welt hinüberzusegeln, er nimmt Streichungen vor, oder besser gesagt, die Streichungen nehmen sich ihn vor. Mal verkörpert er die Kraft eines Fiebers, das Ungestüm eines Rausches. Mal beschwört er das Bild einer auf Abwege geratenen Piroge herauf, gleicht einem durch ein Rockkonzert am Vorabend verwüsteten jungen Schlendrian.

Der Ausreißer hat nun keine Schreie mehr in petto oder schont einfach nur seine Stimme. Er scheint sich eine Auszeit zu nehmen und die Stille zu kosten.

Am Marsfeld drosselt er den Schritt; irgendeine Bestimmung muss ihn zum Innehalten bewogen haben. Dass er das Tempo runterfährt, ist nicht dem Luftholen geschuldet. Ihm ist heiß, aber er hat noch so viel Luft zum Atmen auf dieser neuen Odyssee, dass er gar nichts davon mitkriegt. Sein Körper macht sich nichts aus Atemholen und bezieht seinen Schwung aus dem verlangsamten Schritt.

Zwischen Flügelschwäche und Flug-Glut hin und her gerissen, setzt der Mann alles daran, seine Schatten zu deichseln und sich zu seinem Zenit hochzuschwingen.

Der Politiker, dessen Arsch auf alle Stühle passt, trifft auf eine Gruppe junger Leute, die herumsitzen und ihre Leere gegen Worthülsen und sonnenloses Gelächter eintauschen. Sie tun nichts anderes, als die Zeit totzuschlagen, und lauern ganz offensichtlich auf einen Skandal, der auf dem öffentlichen Platz nicht ausbleiben sollte. Der Mann bleibt stehen und spricht den

Typen an, der die Blicke der Passanten zur Geisel nimmt, weil keine Tattoos mehr auf seinen Oberkörper passen, und bittet ihn, das Gesicht einer gerade verschiedenen Frau auf seine Eichel zu stechen ... Ohne eine Antwort erhalten zu haben, zieht er von dannen und hat gerade noch mitgekriegt, wie seine Bitte durch den Kakao gezogen wurde.

Einem Schluchzer an der Spitze eines Tränenstroms gleich löscht sein Schritttempo nach und nach seine Geistesgegenwart aus. In der Laterne, die die Nacht abwartet, um in ihrer Nutzlosigkeit erstrahlen zu können, erblickt er Fleur d'Orange. Plötzlich zerspringt sie in einem Blitz, der kurz jeden Punkt seines Raums auskleidet. Die Frauensilhouette auf der leeren Bank entwischt seinem Blick, er flattert mit der erhofften Energie eines Schauspielers umher und sackt, nachdem er seine Beute erneut verpasst hat, an einem Zementblock zusammen, auf dem ein Held seine Machete so sehr in die Höhe reckt, als wollte er erneut zum Unabhängigkeitskrieg aufrufen.

Der Politiker, dessen Arsch auf alle Stühle passt, unterschreibt nun seine Scheidung vom Protokoll. Die wilden Oberhäupter der Lokalpolitik verlieren eine wichtige Figur, eine Visage, mit deren Hilfe sie immer ein so gutes Bild in der Presse abgegeben haben, ja, die Sessel in den Amtsstuben werden diesen Mann und seine Anzüge, die das Volk ein Heidengeld kosten, nicht mehr aufnehmen. Sein Jackett wirft sich dem Asphalt an den Hals, die Krawatte verlängert die Geste der Entblößung, dann heult das Hemd um seine malträtierten Knöpfe. Sein Oberkörper fühlt sich gut und schön in dieser seltenen Umarmung der Luft. Der Unterleib scheint sich nicht dafür zu schämen, eine merkwürdige Figur abzugeben.

Der Mann verliert sich im Anheben seiner Abgründe, ertrinkt in der Berührung seiner Hügel, näht seinen Rausch in einen dunklen Strahl ein und führt auf der Suche nach sich selbst in einem mit Trübnis übersäten blauen Himmel seinen Glanz in die Irre. Er rast zur Mauer hinüber, sucht seine sinnliche Gefährtin, die ihm diese heftige Sehnsucht beschert, oder versucht zumindest, ihr

Irrlicht zu erhaschen, und trifft womöglich nur auf eine für uns unsichtbare Welt; kehrt zur Laterne zurück, schwänzelt um sie herum, die Schuhe drücken, er streift sie ab, nein, er tut es bloß, um die Hose besser ausziehen zu können. Nur die Unterhose ist noch übrig, sie verhindert die totale Herrschaft der Nacktheit. Die anwachsende Menschenmenge, die nicht gezögert hat, ihn zu umzingeln, ist nicht im Geringsten davon ausgegangen, er könne die Idee eines Publikums ablehnen, das sich begeistert zeigt von dem, was er da so ohne jede Spektakelabsicht vorführt. Der Politiker, dessen Arsch auf alle Stühle passt, nimmt die Laterne in allen nur möglichen Stellungen. Raue Pilgerreise zur Lust. Während sein Leib Schmerzensschreie ausstößt, lächelt er über dem schroffen Hüftgewackel, man könnte meinen, er mache sich am letzten Lustlaken zu schaffen. Er zerschneidet die erogenen Pfade mit Gesten, die nicht weniger feurig als fahrig sind. Sein Penis gönnt sich Riesensprünge und übergießt sich selbst mit einer roten Flüssigkeit, in der dämmriger Schimmer badet, als gehe es darum, die Schwerkraft zur Anschauung zu bringen. Das Glied des Ausbüxers blutet wie irr …

Der Politiker, dessen Arsch auf alle Stühle passt, sammelt nun seine Kleidung auf, knäult sie zu einem unordentlichen Bündel zusammen, das er in seine Jacke wickelt, und ist dann auf und davon, noch bevor sich die von bunt gemischten Gefühlen erfüllte Menge zerstreut. Er zieht weiter, mit einer vor lauter Irrschweifen völlig flaschenhalsverdrehten Visage.

Aufsteigende Hitze, herunterrinnender Schweiß, Atem, der die Luft in Alarm versetzt, Stimmen, die mit der Verzagtheit Schluss machen, Schreie, die sich ihren Weg bahnen, Fäuste, die sich erheben, aufbegehrender Gesang, der niedergeschrieben wird, brennende Reifen, Plakate, die den Raum zerreißen, Slogans, die mit dem MG draufhalten. Die Straße umarmt das Flammenmeer einer Gruppe von Menschen, die gekommen ist, ihre Lebensnot auszuspucken. Es war nicht zu erwarten gewesen, dass so viele Menschen dem Aufruf des kleinen Bürgerkomitees von Cité Paille folgen würden. Die Gründe für ihre Proteste sind dieselben wie die aller anderen prekären Stadtviertel des Landes: fehlender Zugang zu Trinkwasser, gleichzeitig mindestens fünf NGOs auf nur wenigen Quadratkilometern, die seit Jahren millionenschwere Projekte im Namen des Wasserproblems durchführen. Die Menschenmenge ist riesig und beweist, wie sehr die Bevölkerung nach diesem Moment gelechzt hat. In den ebenso wütend wie hoffnungsvoll dreinblickenden Gesichtern, von denen langsam lauter werdende Stimme ausgehen, steht alles geschrieben.

Und dann Stille, mörderische Stille. Eine Prozession von Aasgeiern, geschickt von Monsieur Staat, um überall dort, wo sich Protestgemurmel regt, Angst zu säen. Ich spreche von den Polizisten, diesen ausgemachten Henkern mit ihren Sturmhauben, spreche von dieser Monsterherde, die sich Ordnungskräfte schimpfen, aber gekommen sind, um Unruhe zu stiften unter den Leuten, die für eine gute Sache einstehen. Das gemahnt an eingeschlagene Köpfe, ungerechtfertigte Inhaftierungen, an Schreie, die von den Bulldozern eines repressiven Systems niedergewalzt wurden, an tödliche Knüppelschläge, mörderische Kugeln, die ihr Ziel nicht verfehlen, an Stimmen, die erdrosselt wurden, weil sie es wagten, sich zu erheben, an Engel, die wegen versuchter Flügelentfaltung mit Projektilen durchsiebt wurden, an Leichenstapel entlang den Straßen, an Pisse, die ins Gesicht des Gefechts türmt … Die Bullen haben weder Liebe zu vergeben noch Zärtlichkeit zu verkaufen, sie lassen den Hass sprechen und zeigen Ekel in ihren Gesten. Seit Fressengedenken hat man noch nie solche Halunken zu Gesicht bekommen. Sie rücken mit der Stille in ihren Tränengasbomben an, rücken mit einem *Halt's Maul!* in ihren Stiefeln an, haben ein *Halt die Klappe, du Lump* an den Mündungen ihrer Pistolen hängen.

Die Demonstranten waren auf eine solche Situation vorbereitet gewesen – es war ja nicht das erste Mal – und hatten sich vorgenommen, trotzdem durchzuhalten, standfest zu bleiben, der Einschüchterung zu trotzen, jedenfalls den Kampf nicht einfach aufzugeben. Also setzten sie ihren Wutgesang unter der Sonne fort, manche werfen sogar noch ein paar Reifen in die Flammen, ein paar andere Steine auf Polizeiautos.

Doch das hält nicht lange an. Denn die Polizisten eröffnen nun den Schauerzustand und geben das Zeichen zum Tränengaseinsatz. Die Menschentraube beginnt, sich zu zerstreuen. Ein junger Arbeiter strauchelt, die Hände am Gesicht, sein Zustand lässt Erstickung vermuten. Eine Mitstreiterin legt ihm eine Zitronenschale unter die Nase und versucht, ihn zu stützen, ihn aus der Gefahrenzone rauszubekommen. Der Atem stockt, dann findet sich die Menge nach und nach wieder zusammen. Es folgt die Antwort der Streitkräfte mit einem ersten Kugelhagel. Und wieder Tränengassalven.

Noch mehr Kugeln und Tränengassalven.

Die Menge brüllt, der Karabiner zieht weiter.

Ein junges Mädchen sieht ihr weißes Trikot sich karmesinrot einfärben, ein Kumpel reicht ihr sein eigenes, um der Kugel, die in ihrer linken Brust Zuflucht gefunden hat, den Weg zu verengen. Das Mädchen weint und wirft mit Schimpfwörtern um sich, verkündet, sie würden den Kampf nicht verlieren, selbst im schlimmsten aller Fälle nicht, auch wenn das Unglück sich gerade in ihrer Brust eingenistet hat.

Eine mit klopfendem Herzen hinter der Linse steckende Journalistin sieht sie über das spritzende Blut weinen, will eigentlich mit ihr weinen, denkt aber gleichzeitig an den perfekten Schuss für die Titelseite des nächsten Tages, schluckt den sich Bahn brechenden Schluchzer hinunter und macht mit der Arbeit weiter.

Ein davonrennender junger Mann wird jäh in seinem Schwung unterbrochen. Ein Schuss entreißt ihm einen unvorstellbaren Schmerzensschrei. Der Reporterin entgeht das verzerrte Gesicht dazu nicht. Die Ladung scheint den jungen Aktivisten am Penis getroffen zu haben. Furchterregend bricht sich eine rote Flut zwischen seinen Schenkeln Bahn. Auf dem Asphalt liegend kämpft er vergeblich in diesem Blutchor. Eine Gruppe von Schülern, alle in der Uniform, die auch ich sonst trage, drängt sich auf einem Bürgersteig, wo sich irgendetwas abzuspielen scheint. Einer der Schüler brüllt in die Kamera, eine Schülerin habe eine Kugel in den Bauch bekommen. Sie hat Schmerzen, ihre Mitschüler weinen und schreien um Hilfe, aber niemand schreitet ein. Ich versuche, die Situation aufmerksam zu verfolgen.

Die Kamera fällt schließlich auf das Gesicht des Opfers, das aussieht wie Silence. Mein Herz zerspringt. Während ich zum Fernseher hechte, um genauer hinzusehen, schrecke ich schweißgebadet auf dem Bett, nein, auf dem Teppich hoch. Ich bin tierisch, tierisch, tierisch genervt. Verdammter Traum, der es nicht hingekriegt hat, mich meinem Mondmädchen näher zu bringen!

Monsieur Schritt ist auch von der Nachricht überrumpelt. Er hat sich so gern am erotischen Saft dieser Frau gelabt, die nicht mehr ist, aber so viel für ihn gewesen ist. Stante pede könnte er auf sein graues Pferd steigen, auf die Melancholie anstoßen, ganz nach Gebühr sein Drama aufführen und so beweisen, dass er gerade einen geliebten Menschen verloren hat. Genauso gut aber kann er sich dem Durchbruch der Lust hingeben, findet er. Sich austoben. Im Namen der Verstorbenen. Aus lustvoller Hingabe ans Leben, das sogar angesichts des verstörenden Orgasmus des Todes heilig ist. Aus Liebe zum Genuss. Was ist schon das Leben, wenn man vom Augenblickshauch nicht auch den allerkleinsten Teil genießt?

Er ist eben ein ausgesprochener Genießer, daran ist nicht zu rütteln. Von Kopf bis Fuß, von der Haut bis zum Mark, über die Venen, vom Körpergeist bis zur Seelenhaut ist er, eine Art Epikureer, allseits bereit, gegen den Rückzug des Lebens vorzugehen, das auf schizophrene Hündin macht.

Alles begann mit einer Irrsinnswut auf sein Land, mit Krittelei gegen seine Stadt und ihren Gestank, ihre brackigen Tränen, die viele Rotze und den Mörderschweiß. Blutleerer Ort, an dem der Duft der Sonnen über schlammigen Leben und Leichenergüssen abschmiert. Alles begann, als er begriff, dass er nicht in den tödlichen Schatten von Port-au-Prince versacken wollte. Monsieur Schritt ist wütend auf diese Stadt der verletzten Himmel, die den Tag unter den Sohlen und die Nacht auf dem Arm trägt, auf diese Hauptstadt, die über den Teppich der Hoffnung herfällt. Stadt der Zerrissenheit, der Höllenschmerz-Versuchskaninchen, der Schlaglöcher, der Stolpersteine. Er ist sauer auf diese Stadt, also flieht er in die Tabak-, Sex- und Alkoholhöhlen.

Wieder frischgemacht, Hemd gewechselt, ein paar Telefonate, Tür ins Schloss geworfen – nur wenige Minuten später ist er bereits am Ziel. Schon am Eingang der Bar brüllt er, man solle ihm die vier Bier für sich und seine Freunde an den Stammtisch bringen.

Die Bestellung wird im Nu ausgeführt, man weiß nur zu gut, was langanhaltender Durst bei solchen Kunden kosten kann.

Die Freude hallt von den geköpften Flaschen wider, einer der Jungs hängt den Kurven der sich vom Tisch entfernenden Kellnerin nach, starrt dem Rücken des Mädchens bis zum letzten Schimmer der Silhouette hinterher: ein Auge, das unweigerlich auf das Sexuelle aus ist, nicht einmal auf dem Schirm hat, dass das Mädchen kein Gegenstand ist. Auf geht's, ein erster Schluck, um an die Gewohnheit anzuknüpfen, ein zweiter, um sich zu vergewissern, dass das Bier gut ist – die Einheimischen sind sich einig, es sei das beste der Welt, obwohl sie sich davor fürchten, ein anderes zu probieren –, und dann für jeden eine Zigarette.

Diese Bar ist ein Unterschlupf für alle möglichen Menschenwogen, in dem man sich die Nacht und ihre Schlafmission um die Ohren schlägt, sie ist ein großherziges Ufer, ein Himmel, in dem Vögel, die in der Savanne des täglichen Lebens vergeblich nach einem Ast suchen, auf ein Woanders lauern. Abgeplackte Arbeiter, die die schneidende Stimme ihres Chefs, die mühevolle Pflicht und den Hungerlohn selbst weit ab von der Fabrik noch bis in die Halswirbelknochen spüren, Studenten, die das Studieren satt haben, Irrschweifende aus allen möglichen Ecken, Abonnenten des Bohémien-Senders, Arbeitslose, freie Elektronen, Gefangene des Müßiggangs, leergesaugte Körper, junge Männer, die nach frischem Fleisch Ausschau halten, Singles auf der Suche nach den Blicken anderer Verlassener, Herzscherben, die sich am Horizont eines Drinks wieder zusammenfügen. Kurzum, jeder findet hier seinen Platz. Ein Basar in allen Farben, allen Körpertemperaturen und Geilheitsgraden.

Dieser Ort ist so etwas wie das zweite Zuhause von Monsieur Schritt. Er kommt regelmäßig, um die Portale seiner Lunge zu erklimmen, nach anderen Flüssen als Blut zu suchen, die seine Adern durchspülen könnten, um seinen Trunkenheitsstatus auf Vordermann zu bringen und sich dann aus dem Trugbilder-Fenster zu stürzen. Und heute Abend, wo er wieder einmal mit seinen Freunden wie festgenagelt an diesem Tisch sitzt, will er nichts anderes, als die Waffe gegen den muffigen Geruch der

Traurigkeit ziehen. Auf der einen Seite sitzt ein Paar und führt sich sein Bier zu Gemüte, lächelt sich schüchtern an, um sich nicht richtig berühren zu müssen. Auf der anderen Seite steckt eine junge Frau ihren Kopf in ein Whiskyglas, schwankt zwischen dem Rückzug in sich selbst und dem Feuer der Unentschlossenheit, führt ihre Einsamkeit den Vorübergehenden vor, beäugt sie in ihrer Ausgelassenheit, wie sie sich unter das Wummern der Lautsprecher mischen; sie zerreißt sich das Herz und starrt dabei unaufhörlich auf menschliche Schatten, die, auf sanfte Weise magisch über die Hände verbunden, hier und da für ein paar gute Minuten im Tanzsaal oder auf der Toilette verschwinden ...

Monsieur Schritt erhebt seine Stimme, nimmt es mit der trommelfellzermarternden Musik auf, gewinnt so die Aufmerksamkeit seiner Freunde und einiger der Herumstehenden. Er hat das Format eines Geschichtenerzählers und lässt es sich nicht nehmen, damit zu prahlen. Seine blumige Erfolgsbilanz nach zwanzigjähriger Karriere lautet, er habe schon als kleiner Junge auf dem Land die Gewohnheit gehabt, hier und da selbst ausgedachte Geschichten zu erzählen – und zwar auf besondere Einladung bei den Umzügen der *rara*, der traditionellen haitianischen Musikgruppen, bei den Plantagen- und Arbeitseinsatz-Truppen, den Totenwachen oder allerlei Volksfesten. Das habe immer etwas Geld eingebracht, zumindest eine Flasche Clairin. Als Schluckspecht-Kavalier war er zufrieden mit dieser Bezahlung.

Damit seine Worte auch schön in den Ohren seiner Zuhörer klingeln, kippt er einen ordentlichen Schluck Bier hinunter und fängt mit der Erzählung an, die ihm heute Abend auf der Zunge brennt.

Es ist die Geschichte einer Hündin, die mitten in der Nacht am Marsfeld herumscharwenzelt. Nicht die irgendeiner Hündin, sondern einer von denen, die sich befreit haben und die Ritzen der Straße durchstreifen, einer von denen, deren Körper die Mäander der Stadt entlangschlängeln, einer von denen, die alles unter der Sonne und den Sternen erlebt haben. Sie begegnet einem Hund in vollem Lauf und hält ihn für einen Plausch an. Warum ziehst du den Schwanz so ein, was ist denn mit dir los? Der Hund erklärt, er sei in Gefahr. Polizisten haben gerade eine Menge Kugeln verschwendet, um mich in die Flucht zu jagen, aus Angst, ich könnte bellen, während sie einen Jungen in ihrem Auto vergewaltigen. Da bedeutet die Hündin ihm, dass sie ihn versteht. Ich will dir glauben, Kumpel, aber es ist nicht das erste Mal, dass ich dich in dem Zustand sehe, immer mit eingezogenem Schwanz. Nein, entgegnet der Hund, das ist keineswegs immer so, das schwöre ich dir. Es gibt mindestens eine Situation, in der ich nicht so bin. Ich zeig's dir sofort. Komm her, immer schön aufmachen, lass mich rein, lass mich in dein Fleisch rein, na siehste, dass mir der Schwanz nicht mehr zwischen den Beinen klemmt, sondern zwischen deinen steckt ...

Die Zuhörenden sind begeistert und wollen mehr solche Geschichten hören. Aber der Star des Abends scheint andere Pläne zu haben.

Da ist sie, die Zeit, die das Verlangen austrocknet, da ist die freie Kehle der Schlafwandler am Rand des Deliriums. Der Tisch quillt über von leeren Flaschen, die Worte füllen die Münder. Die Nacht schlägt über Menschenköpfen zusammen, schlägt inmitten der Trunkenheit um sich. Monsieur Schritt schreitet zur Tat, beginnt seine Lenden zu bewegen, entwickelt einen bemerkenswerten Hüftschwung, salzt die Stimmung ordentlich, reitet den Augenblick ein, bis Stille einkehrt in dem, was vorher war. Die Linien treffen sich, das Gelächter stellt sich im Chor auf, die Menschenmenge in der Bar richtet sich neu aus, um den Mann herum, der die Tanzfläche beherrscht.

Die Kellnerin ist überfordert, sie ist dazu da, Leute zu bedienen, und nun sind es diese Leute, die ihr eine verwirrende Show servieren. Sie geht zum Barkeeper, der sie daran erinnert, die Gäste dürften durchaus die Zügel des Königreichs in die Hand nehmen, sie fühlen sich wie zu Hause, das hält das Geschäft am Laufen, lass sie doch machen, wenn man den Samen liebt, muss man seine Schale hinnehmen. Der Barkeeper schätzt diese improvisierten Darbietungen, vorausgesetzt, der Ausgang ist nicht fatal. Man hätte ihn letzte Woche sehen sollen: Sein Gesicht ging auf wie ein Frühlingshimmel, als eine Hostess auf einen Tisch kletterte, um die Kundschaft mit einem Striptease ins Feuer der Nackigkeit zu entführen. Er war hin und weg und hätte die Kundin am liebsten gleich eingestellt ...

Monsieur Schritt setzt seine fiebrige Odyssee, sein frenetisches Treiben fort und zieht sich unter Applaus und ermunterndem Gelächter aus. Die Menge ist hingerissen von seinen Bewegungen, zieht alle Register, um ihn anzuspornen, ihn anzufeuern, mehr und immer mehr zu geben. Frauen lassen das Herz ihrer Gefährtinnen und Gefährten schrumpfen, halten die Brandsätze ihrer Hinterteile hin, um die Flamme desjenigen zu nähren, der da im Herzen der Bar gerade seine Nummer hinlegt. Männer bieten ihre Gesäßbacken und nackten Oberkörper an. Mal lehnt er sich leicht gegen einen Tisch, das Glied wie eine rebellische Fackel in den Himmel aufgestellt, ein andermal setzt er einem Fuß auf einen Stuhl wie ein pissender Hund, lässt seinen Drachen in einem nach Sinneslust überquellenden Azur aufsteigen, Monsieur Schritt wird immer schneller, seine Hand ist dazu verdammt, das Glied mit beeindruckendem Tempo zu reiben.

Weiter geht es mit den Frauen und Männern, mit den Gesäßbacken der Frauen, den Shorts sprengenden Fleischplatten, die immerfort kreisen, während sich die Männer gegenseitig augenzwinkernd die Brüste massieren, der Menge, dem Gesang der sich an der Lust labenden Menge. Der Mann in der Mitte fühlt sich getragen, legt an Tempo zu, zweifellos haben sich alle Körper, die er je gehabt hat, gerade in seinen Lenden gesammelt, alle von ihm durchlebten Fleischeslusthöllen werden in ihm wiedergeboren. Er setzt seinen Ritt fort, legt auf dem Weg bis zum Höhepunkt seines Rauschs Tausende von Kilometern hin. Die glühende Eichel verspricht eine Wahnsinnswoge. Mit geschlossenen Augen schmust Monsieur Schritt seinen Schrei herbei und lässt dabei seinen Körper in den Gefilden der Ekstase kommen. Zum Gedenken an Fleur d'Orange segnet er den Boden mit einer Salve schleimiger Pfützen.

In unserem Hauptquartier, nicht weit vom Bedingungszimmer entfernt, wo ich herumschlurfe und die Leere zu bezwingen versuche, treffe ich auf Sang-Mêlé. Er ist ein Deportierter, wie man diejenigen nennt, die die-für-wer-weiß-welche-gute-Sache-Vereinigten-Staaten – vermutlich begünstigt dadurch, dass sie eine Großmacht sind – aus ihrem Territorium auszuweisen sich geeinigt haben, da sie angeblich gegen die Gesetze verstoßen, deren menschlicher Nutzen jedoch kaum erwiesen ist. Als Sang-Mêlé mit fünf Jahren dort ankam, hatte er bald heraus, was ihm helfen könnte, und fühlte sich sofort zu dieser Pflanze hingezogen, die an so vielen Orten der Erde nicht angebaut werden darf, rollte endlos viele Blätter von ihr zusammen und labte sich unendlich an der flauschigen Wolke, die durch die Nasenlöcher austritt, wenn man an der Stange mit dem feuerroten Hintern zieht. Das war gegen den Willen seiner Eltern, die es lieber gesehen hätten, wenn er seinen Atem einem sozialen Milieu angepasst hätte, das den Geruch dieser so überaus natürlichen Sache scheut wie sonst nichts. Er begann also Marihuana zu rauchen, als sich seine Kindheit dem Ende zuneigte. Irgendwann hielt er es für wichtig, das Zeug zu verkaufen, damit mehr Menschen in seinen Genuss kämen. Die Polizei verstand jedoch nicht, worum es ihm ging, und setzte sich auf seine Fährte. Nach zwei Jahren Gefängnis, während derer er das dreißigste Lebensjahr erreichte – und die er mitnichten als Strafe betrachtete, weil er dabei etwa hundert Gedichte verfasste, die er bis heute zu veröffentlichen sucht –, musste er in ein Land zurückkehren, das angeblich das seiner Herkunft war, in dem er sich nicht zurechtfand und dessen Sprache ihm schon lange abhandengekommen war. Da er kein Recht auf Rückkehr in das Land hatte, das für sich in Anspruch nimmt, für einen gesamten Kontinent zeichnungsberechtigt zu sein, richtete er sich schließlich hier sein Plätzchen ein, indem er Cannabis beim Metall-Engel erwarb und an die Bewohner von Cité Paille, dem kaum drei Kilometer von Cité de Dieu entfernt gelegenen Nachbarviertel, weiterverkaufte. Hier fühlt er sich pudelwohl, glaube ich, und denkt gar nicht mehr daran, wieder fortzugehen. Wie auch immer. Für alle Fälle frage ich Sang Mêlé, ob er mir helfen könnte, nach New York zu kommen, ohne mir einen abbrechen zu müssen mit dem ganzen Papierzeug, das ich überhaupt nur mit einer Wahrscheinlichkeit von eins zu zehntausend beschaffen kann, wobei diese Chance auch noch von der Laune des Konsuls abhängt. Er setzt ein breites Lächeln auf und macht aus mir eine Prinzessin. Ich bewundere dich tierisch, Kleine. Weißt du, wenn ich dich da hinten auf der Bank sitzen sehe, wie du nach einem Joint mit dem Himmel palaverst, da sage ich mir: Was für eine verdammt coole Göre! Ich höre dein freches Gezwitscher, das sich im Rauch entfaltet, und tauche wieder ein ins Licht meiner Erinnerung an die Bronx, an meine Kindheit, in der ich die Freiheit entdeckte, die das Freiheitsstatuen-Land mir zu nehmen glaubte, als es mich raus und hierher warf. Nun mal ehrlich, du bist echt der Hit, Kleine! Was würde Sang-Mêlé nicht alles für dich tun! Der Typ, der in dieser Stadt am besten darin ist, ist ein echter Kumpel von mir. Übrigens, in der Tasche da habe ich ein Paket mit richtig gutem Gras drin, er deckt sich gerne damit ein, wenn er sich auf den Weg macht. Heute Abend tuckert er los, das habe ich dir doch gerade gesagt, oder? Wenn du Zeit brauchst zum Vorbereiten, dann vergiss es. Wenn du die Gelegenheit nutzen willst, hopp, nichts wie los, er ist grad hier in der Nähe, der Käpt'n, ich stelle dich vor!

Ich lächle einfach nur, denn Sang-Mêlé lässt mir nicht einmal die Zeit, mich bei ihm zu bedanken.

Du wirst ...

Da bin ich, stehe auf Rissen. Erneut zerstößelt von einem makabren Gesang. Eine weitere Schreiepisode, eine neue grausige Sequenz. Die Bevölkerung scheint dieses Mal einen Grund zum Aufbegehren gefunden zu haben, sie weigert sich, ihren Anführer zu verlieren, den bestkalibrierten Banditen des Viertels und damit dessen Schutzschild. Allein der Gedanke, dass er im Viertel wohnt, lässt die kleinen lokalen Gangster, die sogenannten kleinen Ratten, davon absehen, in der Gegend ihr Unwesen zu treiben. Der Metall-Engel wurde gerade von einem seiner Söldner umgebracht. Der Mörder wird geschnappt. Es findet jetzt auf der Hauptstraße statt, am Rand des riesigen Müllsumpfs. Immer mehr Leute finden sich ein, um dabei zu sein, Hand anzulegen oder andere dazu zu ermuntern. Die Show verspricht, spannend zu werden.

Ich erkenne ihn, unsere Augen treffen sich, sein Blick ist kalt, seinem Gesicht fehlt es ganz fürchterlich an Stolz. Hinter dieser menschlichen Hülle wütet Energie, ein Geist, der sich abquält in der Haut Papas, der nie die Chance hatte, zu existieren, sie nie haben wird und den seine eigene Unfähigkeit, etwas an dieser Situation zu drehen, umso mehr zermartert.

Papa sieht dabei zu, wie der Tod durch seinesgleichen Besitz von seinem Körper ergreift. *Du wirst allein sein in der Nacht.* Ich könnte ihm diesen Satz zurückgeben. So sieht Gerechtigkeit hier doch aus. Das Volk glaubt schon lange nicht mehr an die des Staates, die bloß Handelsware ist. Gerechtigkeit ist ohnehin keine Staatsangelegenheit, die Menschen können die Dinge doch eigenständig mit ihren Händen oder mit einem einfachen Zaubertrick selbst regeln.

Hier sind wir, Trümmergestalten, rudern zu den roten Teppichen rüber. Dem schreienden Rot der Schläge. Dem Rot der Viertel, die dazu verurteilt sind, ihre Entbehrungen auszulöffeln. Ewige

Blut-Odyssee. Der Taumel tritt an die Oberfläche. Hier sind wir, ein weiterer Ort aus Tränen, eine weitere Flut aus Verwerfungen.

Ich gucke mir den Körper an, man sieht, dass er es eilig hat, zu krepieren. Es bleibt ihm nur noch wenig Zeit, dann ist er eine Leiche. Ich schaue auf die Menschenmenge, die ihn umgibt, höre die freudigen Schreie, die seinen Weg in die unendliche Leere begleiten. Er versucht, sich unter den Machetenhieben aufrechtzuhalten. Er allein weiß, warum er das Undenkbare getan hat, warum er den obersten Chef getötet hat, vor ein paar Minuten erst, in denen er nicht mal die Zeit hatte, den Geruch seines Verbrechens einzuatmen, und schon haben sie ihn gefangen, entwaffnet, und es sieht übel für ihn aus. Die Menschen, die sich lieber nicht mit Blut besudeln wollen, hören auf, Schläge und Fußtritte auszuteilen, und nehmen Gegenstände zur Hilfe: Eisen- oder Holzstangen, Steine, Glasscherben, Stromkabel. Das Symbol, das aus dieser Gegebenheit heraustritt, die Bedeutung, die sich daraus ergibt, dem Leid eines anderen Gestalt zu geben, und was es bedeutet, einen anderen zu schlagen, auf jemanden mit dem vernichtenden Todesknüppel einzudreschen, ist den Leuten völlig wurscht. Im Gegenteil, wir haben es mit einem Verbrecher zu tun, da ist es nur rechtens, wenn wir ihm das Leben nehmen, sagen sie, der Dolchstoß ist zulässig.

Und ich, das durch die Nacht irrende Kind, stehe da und muss eine Gewalttat miterleben, die man mir gegenüber auch noch rechtfertigt, muss ebenso wie Papas Körper die Schläge ertragen und meine Sterne in ein abgrundtiefes Loch stürzen sehen. Hier bin ich, ein in die Schatten der Menge eingetauchter Körper, mein fein sauber abgetrennter Eigenname verscharrt im schmutzigen Gattungsnamen der Normalsterblichen. Ich habe Lust zu brüllen, will mein Lebensrecht herausbrüllen ...

Jeder Schlag ist wohl bemessen, so dass sich Papas Qual schön in die Länge zieht. Ohne Scham geilen sie sich daran auf. Ein junger Mann taucht mit einem Eimer Motoröl auf und beginnt das Opfer damit zu bespritzen. Das schlägt mit haarsträubender Wucht ein. Eine Frau speit aus, findet Vergnügen daran, ihre Spucke mit dem

Blut des Opfers zu vermengen. Ein Brotverkäufer bleibt stehen, kommt näher und stellt, nachdem er sich ein Bild von der Zeremonie gemacht hat, seinen Korb ab, um in die Mitte der Menge vorzustoßen, seinen Schwanz rauszuholen und ein Netz aus Pisse über den für den Lynchmord vorgesehenen Körper zu spannen. Ein anderer junger Mann kommt mit einem Beutel Scheiße aus dem stinkenden Tal von nebenan herüber und schleudert sie dem Henker des Metall-Engels ins Gesicht. Die Menge klatscht und grölt los.

Weitere Machetenhiebe. Er stürzt zu Boden. Man hat den Eindruck, er antworte eilfertig auf den Ruf des Jenseits. Mehr als einer hat auf diesen Moment gewartet: auf den verstümmelten Körper wird Kerosin gekippt. Er flammt auf. Und dann lodert es. Und lodert ... Papa brennt, ist bald verloschen ...

Auch meinen eigenen Körper spüre ich brennen, mein Kopf versinkt in einem Fluss ohne Grund. Nur ein flügelverdrehter Engel ist noch von mir übrig, klemmt im Steigbügel eines Schmerzes, der größer ist als der des weiblichen Körpers unter der Axt des Neuen Testaments – das neu allein deswegen ist, weil es die Schandtaten des Alten neu formuliert. Nun müsste nur noch mein Herz in zwei Hälften zerfallen. Eine Flut heißer Tränen steigt aus meinen Augenhöhlen auf, damit ich meine Gefühlsseite mit Händen greifen kann. Ich ziehe los, lasse diese Flamme zurück, die damit befasst ist, Papa zu Nichts zu machen.

Kaum fünfzig Meter weit bin ich gekommen, da verirrt sich ein Schrei aus der Menge und fällt mir in den Nacken. Ich drehe mich um und sehe, wie die Menschen versprengt werden, als würden sie von einer furchtbaren Explosion zurückgestoßen. Ich folge ihrem verstörten, zum Himmel gerichteten Blick und sehe in der Ferne den Grund des Entsetzens: Papas in Flammen stehender Körper, der es kaum eiliger hat als der die nahende Abenddämmerung begleitende Zephyr, steigt zu den Wolken auf. Man versucht noch, ihm mit seinem eigenen Arbeitsgerät ein paar Kugeln hinterherzujagen, doch ohne Erfolg. Die Flammenmeer-Leiche löst sich schließlich wie Rauch am Firmament auf und lässt die Gemüter der Anwohner mit allerlei Fragen zurück, die zu beantworten das Märchen vom gebenden Mund und dem empfangenden Ohr wohl seine liebe Mühe haben wird.

Du wirst ...

Meine Stadt, mein Viertel, meine Straßen, meine Angehörigen: im Galopp geplatzte Venen.

Ein Haufen niedergemähter Schritte. Erschütterungen, die den Atem rauben.

Stolpersteine.

Abstürzende Sonnenschwünge.

Und die Körper, die in der Arena der Verurteilten eingesperrt sind.

Und die aufgeblähten Wesen.

Es kommt zu Aufschlitzerei, zu Erdrosselungen. Und zu einer Linie aus Zusammengepunkteten am Ende des Seils ...

Nichts als Fetzen von Stille, die sich über mein Herz hermachen!

Die Wunden quellen über das Leichentuch hinaus.

So viele Abschiede, die vollzogen werden müssen.

Papa ist nicht mehr, der Metall-Engel auch nicht: Meine Hände umfassen das Nichts, diese Hände, die von ihnen zurechtgeschnitzt wurden, diese Hände, vermittels derer ich mein Leben mit Kugeln als Garn im tödlichen Randbezirk des Blutes zusammengenäht habe.

Sie haben mir kein Glück geboten, mir im Leben nichts gegeben, mir aber erlaubt, zu leben, und das ist eine große Sache.

Mama ist nicht mehr: Meine Sonne ist in eine Dreckspfütze gestürzt. Breite Staubstreifen haben sich an den Augenlidern abgesetzt, und nun kommt meiner Sichtlinie ein verwaschener Himmel in die Quere. Heft aus Buhrufen, das die Gutgläubigkeit meiner Tinte widerruft.

Silence am anderen Ende der Welt. Ich denke an mein Mondmädchen, das Sternenmädchen, das durch meine Träume tanzt.

Ich denke an sie, ohne zu wissen, ob sie das Gleiche tut. Sie vertut bestimmt ihre Zeit damit, gegen die Kälte zu kämpfen, und sehnt sich nach den warmen Armen ihres Vaters, der aber bloß seine Abwesenheit ins Ewige verlängert. Vielleicht hockt sie jeden Tag in einem Wohnzimmer und füttert ihre Liebe zu Sandwiches und Fernseher.

Unglücke sausen durch meine Gefilde, Katastrophen, die die Leuchtkäfer in meinem Horizont bis zur Unkenntlichkeit aufscheuchen, ein düsteres Feld. Meine Erinnerung ist beschädigt, weil meine Orientierungspunkte verschwinden. Meine Sterne sind ruiniert, ich verziehe mich, um der Leere zu huldigen, ihre Abwesenheit in der Vertiefung der Tage zu lieben, wie eine Stimme, die die Schreie an ihrem Grab trinkt.

Du wirst ... Du wirst allein sein in der großen Nacht. Bin ich am Ende des Satzes angekommen? Ich hätte ihn nie erhören dürfen. Warum hat Papa ihn mir nur in den Kopf gepflanzt, ohne mir aber beizubringen, nach seinen Ästen zu greifen?

Mein Wesen ist ein dem schaurigen Schattenfeld überlassener Abgrund. Kein Meereswimpernschlag weit und breit, der meinem Lied aus Salz Gestalt geben könnte. Weil lichte Momente seitens meiner Lieben ausbleiben, trete ich meinen Weg durch Einsamkeitsfunken an. Ich finde zunehmend Gründe, meine Knarre zu lieben und Leben nachzujagen, für mein eigenes, das es nicht mehr gibt ...

Wenn die Hoffnung mit ihren gebrochenen Flügeln abstürzt und sämtlichen Zeilen der Raum fehlt, lässt der Atem die Blässe widerhallen. Solcher Staub spottet der Durchsichtigkeit der Fensterscheiben. Das ist der Weg, wie er sich meinen Sohlen darlegt.

Wahrscheinlich war es Papa, der diese komischen Gegenstände hergeschafft hat, bevor er wegging, wegging und nicht wiederkehrte. Es erstaunt mich, dass er einen Sinn für solche Dinge hatte. Ich weiß aber auch, dass niemand sonst Zugang zu unserer Hütte hat. Er ist es, der hinter diesem Werk steckt. Diesmal gibt es weder Aufträge noch Pistolen. Kein Rüstzeug aus roter Hand. Keine Ansichtskarten vom Blutbäder-Baron. Ich weiß nicht, welcher Hurrikan der Zärtlichkeit ihn gepackt hat, aber er hat tatsächlich ein anderes Arsenal angelegt. Vielleicht hat er beschlossen, seinem Spiegelbild entgegenzukentern und die Kehrseite seines Wesens am Schopf zu packen. Vielleicht wollte er seine Teile wieder zusammenfügen und endlich ein anderer Mensch werden. Er hat es nicht getan, so umhüllt vom ewigen Nichts, wie er jetzt ist.

Das Zeug verblüfft mich. Ein Plattenspieler, Schallplatten und Bücher. Ich nehme mir den Plattenspieler vor, aber eher mit den Augen als mit den Händen. Gehe auf gut Glück – und Coltrane läuft an. Ich befreie meinen Gürtel von der Knarre, nehme mir ein Buch und lasse mich auf dem kalten Boden nieder. Auf dem Einband ist keine Schönheit zu sehen. Egal, Gesichter haben mich noch nie interessiert. Ich bleibe am Klappentext hängen, der mir fast eine ganze Minute raubt. Der Klang ist sanft, John Coltrane gibt dem Wind die Gelegenheit, mir etwas zu sagen, bläst mir seine wohltuend kupfrige Krankheit ins Gesicht, das heilt mich, trägt mich fort: *Blue Train*.

Und dann kommt *good kid, m.A.A.d city*, krasse Entsprechung meines Gemütszustands, den ich in der Stimme und in den rauen Worten Kendrick Lamars wiederfinde. Der Rhythmus zerreißt mich, rührt mein Hirn auf. Der Text darf mir nicht durch die Lappen gehen. Der Rapper haut mein Bewusstsein an, pusht mich. Ich lasse Blut, wenn man meine runtergefahrenen Scheinwerfer anwirft. Ich kann nicht zum Aufstand singen.

Das Buch bleibt in meinen Händen liegen, geöffnet habe ich es aber noch nicht. Ich unterbreche die Platte, bestimmt mag der Plattenspieler es nicht, wenn es gleich am ersten Tag so einen Empfang gibt. Vielleicht heilt mich doch nicht, was mich anspricht. Vielleicht heilt nur der Tod.

Keine Lust, eine andere Vinylplatte auszuprobieren. Ich will sterben. Nach Coltrane und Kendrick muss man sterben. Ein Schwindelgefühl ergreift mich. Ich stelle mir vor, wie ich einem heftigen Fieber erliege. Ganz offensichtlich wird aber nichts dergleichen passieren. Ich habe Lust zu sterben. Warte mal. Wenn man *La Vie devant soi* in Händen hält, kann Durst nach Worten tödlich wirken. Ich frage mich, was sich zwischen den Zeilen eines solchen Titels verbirgt. Ich weiß nicht, was mir der Geist zu sagen hat, der hinter dem Schatten dieser zehn Buchstaben steckt: Romain Gary.

Ich öffne das Buch. Und stolpere über den Teil eines Satzes, der mich packt. Er lehrt mich, dass »Familie gar nichts zu bedeuten hat, ja es sogar Leute gibt, die in den Urlaub fahren und ihre Hunde an Bäume gebunden zurücklassen, und so jedes Jahr dreitausend Hunde verenden, die um die Liebe ihrer Herrchen und Frauchen gekommen sind.« Nun fühle ich mich, als wäre ich nicht mehr wert als ein Hund.

Du wirst … Du wirst allein sein in der Nacht.

Ich klappe das Buch zu, habe keine Zeit, darin zu blättern, weiterzulesen, denn die Nacht rückt näher, ich muss meinen Koffer packen, bin nämlich gleich verabredet, muss mich am Abfahrtsort einfinden, in der Nähe der Route des Rails, nicht weit von Cité Paille entfernt.

Die Wellen bestellen mich zu sich ein, es gehört mir, das Meer, ich habe auf der anderen Seite eine Rose zu pflücken und schließe meine Augen, um sie drüben wieder zu öffnen, jenseits der Fluten wartet ein Traum auf mich.

Bald legen wir ab. Wir sind eine Menge Leute, die zu zählen ich keine Zeit verschwende, wir bräuchten mindestens fünf Boote, und zwar richtige Boote, keine solche notleidenden Wracks, wie dieser Jammersarg, den uns der Held der mutmaßlich zukünftigen Diasporas anbietet. Ich hätte es ahnen müssen, als Sang-Mêlé mir diesen Mann vorstellte, diesen Irren, der widersinnigerweise als Kapitän bezeichnet wird. Ich frage mich, ob er ernsthaft diese unkontrollierbare Flut von Menschen in den Einbaum packen möchte, der nicht darum gebeten hat, der Träger einer vorprogrammierten Katastrophe zu sein. Die Uhrzeit, zu der wir uns einfinden sollten, ist längst vorüber, aber niemand kümmert sich darum, man kann ganz augenscheinlich keine Pünktlichkeit verlangen von Menschen eines Landes, in dem man sich immer wünscht, die Sonne möge doch ein bisschen später aufgehen, weil man noch nicht zu Ende geschlafen hat. Die Leute drängen sich am improvisierten Hafen zusammen, wachsen zu einer Menschenmenge an, die anscheinend nicht weiß, dass sie ebenso Aspirantin auf den Tod ist wie auf das dem amerikanischen Traum verfallene Land. Studenten auf Universitätsentzug, Absolventen von Glücksspielschulen, die Arbeit suchen in einem Land, in dem einen Abschluss zu haben kein Kriterium dafür ist, eine zu finden, Geister, die vollgestopft sind mit den Lügengeschichten einer Diaspora, die ihr Leid verbirgt, um nicht die Vorstellung von einem Land zu zerschlagen, in dem frisches Wasser fließt, Menschen, die sich geschworen haben, um jeden Preis reich zu werden, andere, die glauben, dass jedes fremde Land ein Paradies ist – ganz weit oben auf der Liste die Vereinigten Staaten –, Menschen mit wundgescheuerten Knien, von fünf Stunden Wehklagen täglich, Menschen, denen das Phantom Jesus doch kein Visum erteilen konnte, Männer, die ohne Assistenz eines Kondoms gekommen sind und nun mit ihren Frauen ein Kollektiv arbeitsloser Eltern bilden, kurzum, ein ganzes Volk von Verzweifelten, die behaupten, sie seien auf der Flucht vor der Armut und auf der Suche nach einem besseren Leben, von dem sie glauben, sie könnten es im bestirnten Land finden – ich hoffe mal, dass sie sich nicht im Gastland irren. Sie alle sind beladen wie müde Esel, die, nicht ohne Nonchalance, aus der Gegend um den Fluss Massacre in Richtung irgendeines hinter den Bergen verlorenen Lands aufbrechen. Tüten voller unnützem Kram, Schüsseln, wahrscheinlich mit Reis und Hähnchenschenkeln gefüllt, die bald genüsslich verschlungen werden sollen, riesige Koffer, die glauben lassen, einige könnten gar ihre Häuser – was sage ich da? – ihre Schlösser aus zerstückelten Mauersteinen mitnehmen, ihre Sammlungen aus scheppernden Blechen, die unsere berühmten Slums am Leben erhalten.

Vier Stunden nach der ursprünglich verabredeten Zeit schaffen wir es nach einigen Verrenkungen endlich, uns in den Gummibaum zu quetschen. Der Abend liegt auf dem Meer wie eine falsche Mauer vor dem Jenseits, ein Lüftchen legt sich in die Segel und siehe da, das Boot, dieser Schiffbruch in Kinderschuhen, löst sich langsam von der Küste und wir stechen endlich in See. Wir glauben aufzubrechen, als befände sich das Ziel in Reichweite unserer beseelten Körper, manche nennen es locker Aufbruch. Doch wir alle wissen vom üblichen Schicksal dieser zweifelhaften heimlichen Überfahrten, dass keine Ankunft in Sicht ist. Wir sind nicht auf Reise, wir sind Körper, die in einem Schicksal aus Staub hausen, aus dem uns nur ein großes Wunder herausreißen wird. Hier glaubt man so sehr an Wunder, dass man sogar Straßen nach ihnen benennt.

Das kann sich aus zu wenig oder zu viel Wind und damit aus der längeren Dauer der Reise oder ihrem vorzeitigen Ende ergeben, doch es gibt noch andere Gründe, in der ewigen Leere zu landen. Wer kennt nicht die Geschichte vom einsamen Kapitän? Das Märchen vom gebenden Mund und dem empfangenden Ohr besagt, dass dieser mit etwa vierzig Personen, mit Seelen, die der Heimat überdrüssig geworden waren, Richtung Bahamas aufbrach und dort allein ankam, nachdem er, um das vom Sinken bedrohte Boot zu entlasten, die einen dem Meer anvertraut, die anderem seinem Bauch einverleibt hatte, um so die zwei ungeplanten Monate der Reise überstehen zu können. Diese Geschichte ist bis heute eine klaffende Wunde, die niemanden unberührt lässt, der den Aufbruch wagt. Einige wagen es trotz allem noch, viele andere haken sie für immer ab, diese schreckliche Reise, die darin besteht, wilde Strömungen in engster Gesellschaft des Todes zu überqueren. Ich erinnere mich daran, wie der Metall-Engel seine Weigerung, die Welt auf dem Wasserweg zu erreichen, damit rechtfertigte, dass das Meer einem Leichnam gliche, auf dem man nur in der Gefahr eines fürchterlichen Absturzes tanzen könne, weil dieses blauhäutige Luder plötzlich unter deinen Schritten erwachen und dich zwingen kann, mit ihm den Platz zu tauschen. Damit hätte ich genug, um sämtliche innere Unruhe in Gang zu bringen.

Ich spüre die alte Kiste unter meinem klammen Herzen Zickzack fahren, spüre alle Passagiere, die nicht davor zurückgeschreckt sind, sich an ihr festzuklammern, und anschließend eine ungeheure Angst in mir. Dann denke ich an mein Mondmädchen, das am anderen Ufer auf mich wartet, und schöpfe neue Kraft. Wir kommen voran, eine Welle stellt die Lebenserwartung des Einbaums in Frage, ich falle zurück. In den Augenblicken, in denen wir in die größte Unsicherheit hineinsegeln, ist das Warten ein in die Wellen gestreutes Korn der Stille, das auf der anderen Uferseite gepflückt werden wird, mit einem unweigerlich gellenden Schrei, der aus Licht oder Staub, aus Leben oder Niederlage, aus Morgendämmerung oder Blut, aus blauem Himmel oder einer zu dichten Wolke, aus erfüllter Hoffnung oder gekröntem Nichts bestehen wird.

Die Stunden vergehen schwer wie eine Spirale, in der sich jede Sonne verfinstert. Die Flut ist hoch, um uns herum alles schwarz, fahles Wetter, das mich in Ohnmacht fallen lässt. Zwei, drei Tage, zur Ewigkeit verschnürt, lösen unendliche Ödnis aus. Zwei, drei Tage, zwischen dem Wüten der Wellen und der Notwendigkeit, mit einer Menschenmenge zusammenzuleben, die alles andere als friedliebend ist. Weit ist das Land, das ich durchquere, ohne den Mast der Augenlider zu senken. Was mich umbringt? Nicht die zur Neige gehenden Wasser-, Brot- und Gras-Vorräte, nicht die Tatsache, dass ich meine Notdurft vor aller Augen verrichten muss, um sie dann dem Meeresvolk zu übergeben, nicht dieses tote Baby, das wahrscheinlich von den mit unmenschlichen Vibrationen überfüllten Tiefen gepackt wurde, sondern dieser ganze Kontinent des Wartens und der Angst, dieser Vorhang der Ungewissheit und des Schreckens, der mich von meinem Mondmädchen trennt. Die Nächte verlängern sich in mir, nehmen mir die Luft, als würde mein Mund unendlich oft die schrille Flöte des Todes streifen.

Zwei, drei, vier Tage, dann sehe ich endlich die Silhouette eines Schlafes auftauchen, von dem der siffige Boden des Boots mich glauben ließ, er sei unauffindbar. Kaum habe ich die Augen geschlossen, taucht der berüchtigte einsame Kapitän auf, sein Gesicht ähnelt dem des Lehrers, des Vaters von Silence. Er hat in den wenigen Tagen, die er unterwegs ist, schon alles abgeräumt, ich bin die letzte Passagierin, er kommt auf mich zu, als wäre ich sein letzter Ausweg, um das Ufer zu erreichen. Ich zappele unter seinem Gewicht und seinem Messer. Er schafft es, mich festzuhalten, und verwüstet meinen Schritt. In dem Augenblick, in dem er die Hand hebt, um mir die Klinge in den Hals zu rammen, wache ich auf, bin in meinem Innersten und in den Tiefen meines Körpers verwundet. Ich schreie so gellend, dass es das Segelboot schüttelt und die Meerestiefen aufrüttelt. Die Passagiere bedenken mit mich verwunderten Blicken. Noch ein Schrei. Nein, nicht ich! Ich bin nicht unter dem Stern geboren, der mich dazu verdammt, den Quallen verfüttert zu werden! Wer soll draufgehen? Ich bestimmt nicht! Gesegneter Aas-Name, rette mich! Verschlinge dieses Traum-Ungeheuer!

In diesem engen, wackeligen, schmuddeligen Palast, den die meisten der Passagiere zu fürchten nicht den Anstand haben, haben mich alle Arten von Prüfungen aufs Korn genommen. Mir kamen Ausdünstungen entgegen, die eines toten Hundes aus der Umgebung des Marsfelds würdig gewesen wären, aber eigentlich von diesen menschlichen Körpern stammten, die wahrscheinlich seit Wochen nicht mehr mit Wasser in Berührung gekommen waren. Ich bekam die unaufhaltsame, niemals abebbende Wut des Kapitäns mit, das ekelhafte Geräusch von Mündern, die sich angesichts der tagealten Brotkanten nicht mehr zurückhalten konnten. Ich habe die zweifelhaften Berichte und die Versuche der Gefährtinnen und Gefährten, die pfeffrigste Geschichte zu erzählen, über mich ergehen lassen, und wie sie sich in hitzige Wortgefechte stürzten, im Namen von Nachbarn, denen irrsinnige Behauptungen nachgesagt werden ... Diesen ganzen Zungenwirrwarr, der durch den ungezügelten Chor quengelnder Kinder nur noch verstärkt wurde, habe ich ausgehalten. Ich habe meinen Körper in alle Stellungen hineinbugsiert, die die Enge zulässt, habe meinen Blick in alle nur möglichen Richtungen gewandt, bin in jedes Mengengewimmere mit eingefallen, in jedes Geheul, immer dann, wenn der Einbaum kurz vor dem Schiffbruch stand. Nach fünf Tagen, in denen ich so mit Ödnis, Angst und jeder nur erdenklichen Leere zu kämpfen hatte, waren meine Mittel erschöpft. Ich fühle mich, als würde ich sterben, jede Sekunde, seit ich an Bord dieses Freilaufs ins Jenseits gegangen bin, der fälschlicherweise als Boot bezeichnet wird. Als ich zum x-ten Mal meine Habseligkeiten nach dem durchwühle, woran ich mich noch nicht satt gesehen habe, fällt mir ein, dass ich *La Vie devant soi* mit in die Tasche gepackt hatte. Das erste Lächeln der Reise, ja, man sollte sich einmal diesen Augenblick ansehen, in dem mein Gesicht sich einmal nicht durchs Blasswerden neu sortiert, er wäre in der Lage, die allergrößte Verzweiflung auszuhebeln. Beim Durchblättern des Buches stoße ich auf einen Umschlag.

Ich werfe einen raschen Blick drauf, erkenne meinen Namen und die Adresse meiner Schule. Wahrscheinlich wurde die Post dort zugestellt, bevor sie von Papa abgeholt wurde. Wie auch immer, es ist jedenfalls unmöglich, etwas per Post zu mir nach Hause zu schicken, es sei denn, man hat mehrere Seiten Papier zur Verfügung, um die Adresse, die keine ist, darzulegen, es sei denn, man will den Postboten ins größtmögliche Durcheinander stürzen. Ich bin irre gespannt darauf, was in diesem Umschlag steckt, so sehr, dass ich mich nicht einmal frage, wie ich ihn beim Aufschlagen des Buches zuhause habe übersehen können – ich hätte es durchblättern sollen. Ein Brief von Silence. Mein Blut beginnt zu brodeln. Ich spüre alle Risse der Erde sich in mir auftun. Fange an zu zittern. Ein Schreiben von meinem Mondmädchen. Etwas fährt durch mich hindurch und lässt einen Feuersblitz in mir aufsteigen. Als ob mein Herz in einen brennenden Himmel flöge. Unermesslich das Meer, in das ich mein Sein werfe.

Meine Liebe,

ich habe nicht aufgehört zu kommen. Seit unserem Menschenkörperwärme-Zauber habe ich nicht aufgehört zu kommen. Seit unsere Körper sich berührt haben, trage ich Dich lebendig in mir, jede einzelne meiner Nächte erinnert mich an uns, wir, verbunden in diesem ersten unvergesslichen Orgasmus. Unaufhörlich wandert eine Glut in mir, jeden Morgen spüre ich kribbelnden Strom zwischen den Beinen, wie wenn die Dämmerung hinter den Bergen hervorkriecht. Ich komme ... Ich komme, weil mich diese so tiefgreifende Regung unserer Körper auf dem Kirchenklo völlig einnimmt. In diesen Augenblicken würde ich im Handumdrehen alle Kilometer, die uns trennen, überwinden, um wieder in Dich einzutauchen.

Ich sterbe.

Ich sterbe hier, und dafür, das weiß ich, gibt es nur einen Grund: Es gibt Dich nicht in New York. Ich habe in den stromernden Gerüchten, zwischen den lebendigen Kinderzeiten und den unruhigen Lichtern, unter den ollen Laken dieser Stadt nach Dir gesucht, in dieser Stadt, deren eigentliches Geschäft darin besteht, friedensbegierige Menschen zu zermalmen. Meine Suche ist aussichtslos, die Tage verraten mich, und die mir angeblich eigene Sonne erstarrt vor Kälte wie die Küsten Deiner Abwesenheit. Ich sterbe.

Ich sterbe, habe aber meiner Mutter von nichts erzählt. Ich weiß, dass sie mich nicht verstehen würde; mit diesen ganzen Kirchen der Welt und den ganzen von Wirrköpfen für heilig befundenen Schriften im Kopf und auf den Lippen kann sie mir gar nicht zuhören. Angesichts der roten Laterne, zu der mein Gesicht zunehmend und im Laufe der Tage wird, hat sie angefangen, die mit meinem Namen überschriebenen Gebetsstunden zu vervielfachen, diese von Ungereimtheiten bevölkerten Litaneien, die an einen Gott gerichtet sind, der zwar mächtig sein soll, aber trotz einer jahrtausendalten Ankündigung nicht in der Lage ist, seinen Arsch in der Hölle zu zeigen, die diese Welt ist. Als klar war, dass das so nicht funktioniert, hat meine Mutter mich zu einer Psychologin geschleppt. Die redet von heftiger Adoleszenzkrise, unkontrollierbaren Persönlichkeitsschwankungen, undurchdringlicher Verschlossenheit und meint vor allem, ich müsse in Port-au-Prince erst noch den Tod meines Vaters betrauern, bevor ich mich unter die Lichter New Yorks mische. Außerdem hat der mit dem Verkauf unseres ehemaligen Familienhauses befasste Anwalt meine Mutter gerade darüber unterrichtet, dass eine versteckte Kamera im Hauseingang entdeckt wurde und diese möglicherweise Aufnahmen des Mordes an meinem Vater enthält. Er sagt, nur meine Mutter könne die Sichtung genehmigen, und hat sie schließlich davon überzeugt, nach Port-au-Prince zurückzukehren und die Justiz dazu zu bewegen, eine Ermittlung in die Wege zu leiten. Ich werde also zurückkommen, aber nicht in dieser Angelegenheit. Es gibt nur eine Sache, die mich besänftigen könnte, und zwar die Möglichkeit, den Mörder mit der gleichen Waffe zur Strecke zu bringen, die meinen Vater das gesamte Vermögen seiner Adern herausrücken ließ. Ich weiß aber genau, dass die Justiz nicht dafür da ist, man wird mir nicht gestatten, diesem Wunsch nachzukommen. Nur ein Grund treibt mich in dieses Land zurück, das die Liebe eines unter so obskuren Umständen zur Waise gewordenen kleinen Mädchens nicht verdient: Ich will in Deine Arme zurück. Ich kehre nach Hause zurück, um wieder auf Dein Feuer zu treffen, um wieder den genussvollen Gesang Deiner Gegenwart zu genießen.

Ich küsse Dich. In zehn Tagen bin ich da, um es noch einmal mit voller Zunge zu tun.

Deine Liebste.